文春文庫

秋山久蔵御用控

大《おお》禍《まが》時《とき》

藤井邦夫

文藝春秋

目次

「秋山久蔵御用控」江戸略地図

実際の縮尺とは異なります

日本橋を南に渡り、日本橋通りを進むと京橋に出る。京橋は八丁堀に架かっており、尚も南に新両替町、銀座町と進み、四丁目の角を右手に曲がると外堀の数寄屋河岸に出る。そこに架かっているのが数寄屋橋御門であり、渡ると南町奉行所があった。南町奉行所には〝剃刀久蔵〟と呼ばれ、悪人を震え上がらせる一人の与力がいた……

秋山久蔵御用控・登場人物

秋山久蔵（あきやまきゅうぞう）

南町奉行所吟味方与力。〝剃刀久蔵〟と称され、悪人たちに恐れられている。何者にも媚びへつらわず、自分のやり方で正義を貫く。「町奉行所の役人は、お奉行の為に働いてるんじゃあねえ、江戸八百八町で真面目に暮らしてる庶民の為に働いているんだ。違うかい」（久蔵の言葉）。心形刀流の使い手。普段は温和な人物だが、悪党に対しては、情け無用の冷酷さを秘めている。

弥平次（やへいじ）

柳橋の弥平次。秋山久蔵から手札を貰う岡っ引。柳橋の船宿『笹舟』の主人で、〝柳橋の親分〟と呼ばれる。若い頃は、江戸の裏社会に通じた遊び人。

神崎和馬（かんざきかずま）
南町奉行所定町廻り同心。秋山久蔵の部下。二十歳過ぎの若者。

稲垣源十郎（いながきげんじゅうろう）
南町奉行所定町廻り筆頭同心。

蛭子市兵衛（えびすいちべえ）
南町奉行所臨時廻り同心。久蔵からその探索能力を高く評価されている人物。妻が下男と逃げてから他人との接触を出来るだけ断っている。凧作りの名人で凧職人として生きていけるほどの腕前。

白縫半兵衛（しらぬいはんべえ）
北町奉行所の老練な臨時廻り同心。〝知らぬ顔の半兵衛さん〟と称される。〝南の久蔵〟〝北の半兵衛〟とも呼ばれ、一目置かれる人物。

香織（かおり）
久蔵の後添え。亡き妻・雪乃の腹違いの妹。惨殺された父の仇を、久蔵の力添えで討った過去がある。長男の大助を出産した。

与平、お福（よへい、おふく）
親の代からの秋山家の奉公人。

幸吉（こうきち）
弥平次の下っ引。

寅吉、雲海坊、由松、勇次、伝八、長八（とらきち、うんかいぼう、よしまつ、ゆうじ、でんぱち、ちょうはち）
鋳掛屋の寅吉、托鉢坊主の雲海坊、しゃぼん玉売りの由松、船頭の勇次。弥平次の手先として働くものたち。伝八は江戸でも五本の指に入る、『笹舟』の老練な船頭の親方。長八は手先から外れ、蕎麦屋を営んでいる。

おまき
弥平次の女房。『笹舟』の女将。
お糸（おいと）
弥平次、おまき夫婦の養女。
太市（たいち）
秋山家の若い奉公人。

秋山久蔵御用控

大禍時《おおまがとき》

第一話

裏切り

一

正月——一月。

元日の初詣、三が日の年始廻り、そして七日の松の内も過ぎ、江戸の町は正月の賑わいから覚めていく。

南町奉行所吟味方与力《ぎんみがたよりき》の秋山久蔵《あきやまきゅうぞう》の屋敷は、一子大助《だいすけ》と下男の太市《たいち》が加わって賑やかな正月を迎えた。

大助の元気な泣き声と太市の若さに溢れた声が響く屋敷は明るく、下男の与平《よへい》お福《ふく》夫婦は眼を細めて喜んでいた。

久蔵と妻の香織《かおり》は、与平とお福に隠居所を与え、のんびりと過ごす事を勧めた。しかし、与平は屋敷の掃除と大助の子守りを続け、お福は台所の囲炉裏端《いろりばた》に肥った身体を据えて香織の手伝いに勤《いそ》しんでいた。そして、太市も下男の仕事に馴れ、暇を見つけては久蔵から学問や捕縛術《ほばくじゅつ》を学んでいた。若く素直な太市は、久蔵の教えを直ぐに飲み込んでいった。

辰《たつ》の刻五つ（午前八時）。

久蔵は、香織とお福、大助を抱いた与平に見送られ、太市を供に南町奉行所に向かった。

八丁堀《はっちょうぼり》と交わる楓川《もみじがわ》に架かる弾正橋《だんじょうばし》を渡り、日本橋の通りを横切って尚も進むと外濠・鍛冶橋《かじばし》御門前に出る。

久蔵は、太市を従えて京橋川に架かる比丘尼橋《びくにばし》を渡り、外濠沿いを数寄屋橋《すきやばし》御門に進んだ。

数寄屋橋御門内に南町奉行所はあった。

南町奉行所は既に正月気分も消え、忙しい毎日が始まっていた。

久蔵は、南町奉行所の表門前で立ち止まり、眉をひそめた。

太市は、怪訝《けげん》に久蔵の視線を追った。

南町奉行所の塀の陰にいた町方の男が、縞《しま》模様の半纏《はんてん》を翻して鍛冶橋御門に急ぎ足で向かって行った。

「旦那さま……」

太市は、久蔵を窺った。

「太市、あの野郎を尾行《つけ》て行き先を突き止めてみな」

「は、はい……」

太市は、戸惑いながら頷《うなず》いた。

「だが、無理はするな。危ないと思ったら直ぐに止めろ。手に負えねえと思ったら柳橋《やなぎばし》の笹舟《ささぶね》に駆け込むんだ。いいな」

久蔵は、厳しい面持ちで命じた。

「心得ました」

太市は、緊張に喉を鳴らして頷いた。

「それから、時々自身番や木戸番に寄り、俺の身内だと云い残すんだ」

久蔵は、万が一の時に太市を追う手掛かりを残す手配りをした。

「心得ました」

太市は、縞模様の半纏を着た男を追った。

久蔵は見送り、南町奉行所の表門を潜った。

「お早うございます」

幸吉《こうきち》が、表門の腰掛けに来ていた。

「おう。こいつは良かった……」

久蔵は喜んだ。
幸吉は、岡っ引の柳橋の弥平次《やへいじ》の下っ引だ。
「何か……」
幸吉は眉をひそめた。
「ああ……」
久蔵は、その顔に厳しさを過《よ》ぎらせた。
外濠は、冬の陽差しを浴びて鈍色《にびいろ》に輝いていた。
縞模様の半纏を着た男は、外濠に架かる鍛冶橋御門を渡って日本橋の通りに向かった。
太市は、充分な距離を取って慎重に尾行した。
縞模様の半纏の男は、不意に立ち止まって背後を窺った。
太市は、思わず立ち止まりそうになった。
立ち止まれば尾行に気付かれる……。
太市は、咄嗟《とつさ》に思い止まり、足取りを変えずに進んだ。
縞模様の半纏の男は、背後に不審な者はいないと見定めて再び歩き出した。

気付かれなかった……。

太市は、背筋に滲《にじ》んだ冷汗を感じながら懸命に尾行を続けた。


日本橋の通りは行き交う人で賑わっていた。

縞模様の半纏を着た男は、日本橋川に架かる日本橋を渡って室町《むろまち》に出た。そして、日本橋川沿いの道に進んだ。

太市は、室町一丁目の自身番に立ち寄った。

「手前は南町奉行所与力秋山久蔵の家の太市と申します。後から誰か来たら西堀《にしほり》留川《どめがわ》に向かったと……」

太市は、久蔵の言い付け通り自身番の番人にそう云い残し、縞模様の半纏を着た男の尾行を続けた。

縞模様の半纏を着た男は、日本橋川沿いを進んで西堀留川に架かる荒布橋《あらめばし》を渡った。そして、照降町《てりふりちょう》を進んで東堀留川に架かる親父橋《おやじばし》を渡り、袂《たもと》にある開店前の居酒屋の表に佇《たたず》んだ。そして、辺りを鋭い眼で見廻し、素早い身のこなしで居酒屋に入った。

太市は、親父橋の袂から見送った。

見届けた……。

太市は、全身に疲れを感じた。だが、初めての尾行を成し遂げた快感が、その疲れを忘れさせた。

縞模様の半纏を着た男は、開店前の古い居酒屋に入ったまま出て来なかった。

太市は、古い居酒屋の様子を窺った。

古い居酒屋は、腰高障子に〃鶴《つる》の家《や》〃の文字が大書され、東堀留川を背にしていた。

古い居酒屋『鶴の家』の裏手には、東堀留川に続く小さな石段があり、棒杭《ぼうぐい》に猪牙舟《ちよきぶね》が繋がれていた。

これからどうする……。

久蔵に命じられたのは、縞模様の半纏を着た男の行き先を突き止める事だ。行き先を突き止めた今、久蔵の許に戻って報せるべきなのか、それともこのまま『鶴の家』を調べるべきなのか……。

太市は迷った。

古い居酒屋『鶴の家』の裏手に櫓《ろ》の軋《きし》みが響いた。

太市は、親父橋に走り、『鶴の家』の裏手を見た。

『鶴の家』の裏手に繋がれていた猪牙舟が、女を乗せて日本橋川に向かって行った。

舳先《へさき》に座っていた女が、不安げに『鶴の家』の裏手を一瞥《いちべつ》した。

眼の大きい若い女だった。

若い女を乗せた猪牙舟は、頬被りに菅笠《すげがさ》を被った船頭に操られて去って行った。

太市は見送った。

「太市……」

幸吉が、照降町から足早にやって来た。

「幸吉さん……」

太市は、秋山家に奉公する前は船宿『笹舟』で船頭の見習いをしており、幸吉とは良く知った仲だった。

「秋山さまに云われて来たぜ」

「そうですか……」

太市は安心し、思わず顔を綻《ほころ》ばせた。

幸吉は、室町一丁目の自身番で太市の行き先を知り、追って来ていた。

「で、縞の半纏の野郎は……」

「その鶴の家って居酒屋に入りました」

太市は、居酒屋『鶴の家』を示した。

「見届けたかい……」

「はい」

太市は、勢い込んで頷いた。

「良くやったな」

幸吉は誉めた。

「はい……」

太市は、嬉しげな笑みを浮かべた。

「幸吉さん、縞の半纏の男、一体何者なんですかね」

太市は、尾行ている間、気になっていた事を訊いた。

「そいつなんだが、秋山さまのお話じゃあ、盗賊の一味の者かもしれねえそうだ」

「盗賊の一味……」

太市は、満面に緊張を漲《みなぎ》らせた。

「うん。御苦労だったな。後は俺が引き受けた。秋山さまの処に戻ってくれ」

「えっ。ですが……」

「太市、お前は秋山さまの家の奉公人だ。これ以上は、秋山さまのお許しを貰ってからだ」

「はあ……」

太市は、不満を過ぎらせた。

「秋山さまが心配しているぜ」

「分りました。じゃあ……」

「ああ。気を付けて帰りな……」

太市は、幸吉を残して立ち去った。

『鶴の家』か……。

幸吉は、居酒屋『鶴の家』を厳しい面持ちで見据えた。


手焙《てあぶ》りの炭は真っ赤に熾《お》き、南町奉行所の用部屋を仄《ほの》かに温めていた。

久蔵は、戻って来た太市を直ぐに用部屋に通した。

「御苦労だったな、太市……」

久蔵は、労《ねぎら》いながら炭の赤く熾きている手焙りを太市に押した。そこには、太市が無事に帰って来た安堵感が滲んでいた。

「で、縞の半纏の男は……」

「親父橋の袂にある鶴の家って古い居酒屋に入りました」

太市は報せた。

「親父橋の袂の鶴の家か……」

「はい。裏に東堀留川があって小さな船着場がありました」

「裏に小さな船着場か……」

久蔵は眉をひそめた。

「縞の半纏の男が入ってから、若い女が猪牙に乗って出て行きました」

「若い女がな……」

「はい。そうしたら……」

太市は、幸吉が追って来て交代した事を告げた。

「そうか、良くやってくれた。屋敷に帰ってゆっくりするんだな」

久蔵は笑顔で告げた。

「はい。じゃあ……」

太市は、用部屋を後にした。

「親父橋の袂の鶴の家か……」

久蔵の眼が鋭く輝いた。

南町奉行所を出た太市は、数寄屋橋御門を渡って八丁堀岡崎町《おかざきちょう》の秋山屋敷に向かった。

日本橋の通りの京橋の袂を過ぎ、楓川に架かる弾正橋を渡って八丁堀にはいった。

八丁堀は外濠から続く京橋川が、楓川と交差して江戸湊《えどみなと》に流れ込む八丁の間を開鑿《かいさく》した掘割である。そして、八丁堀は町奉行所の与力・同心が住む組屋敷街と共に町方の地があった。

太市は、八丁堀岡崎町に入った。

岡崎町には、組屋敷と町家の他に八丁堀唯一の寺の玉圓寺《ぎょくえんじ》があった。

秋山屋敷は、玉圓寺と組屋敷の間の通りを抜けて行くと近い。

太市は、連なる組屋敷の前を足早に抜けようとした。そして、一軒の組屋敷の表を掃除する女を見て思わず足を止めた。

女は、居酒屋『鶴の家』の裏から猪牙舟に乗って去って行った若い女に良く似ていた。

まさか……。

太市は、物陰に潜《ひそ》んだ。

組屋敷は、二百石取りの与力たちの屋敷と三十俵二人扶持《ににんぶち》の同心の組屋敷がある。

女は、同心の組屋敷の表を掃除していた。

大きな眼、本当に良く似ている……。

太市は、女を見守った。

「おしんちゃん……」

初老の下男が、組屋敷の木戸門から出て来た。

「何ですか、竹吉《たけきち》さん……」

「表の掃除はいいから。屋敷に入りな」

竹吉は、厳しさを滲ませた。

「でも……」

おしんは躊躇《ためら》った。

「さあ、早く……」

「はい」

おしんは、竹箒《たけぼうき》を持って組屋敷に入った。

竹吉は、厳しい眼差《まなざ》しで辺りを見廻して屋敷に入り、木戸門を閉めた。

おしん……。

太市は見送った。

おしんは、居酒屋『鶴の家』の裏から猪牙舟で去った若い女なのか、それとも良く似た別人なのか……。

太市は首を捻《ひね》った。

玉圓寺の鐘が、午《うま》の刻九つ（午後零時）を打ち鳴らした。

太市は、我に返って秋山屋敷に急いだ。


居酒屋『鶴の家』は静寂に覆われていた。

幸吉は、木戸番を訪れて聞き込みを始めた。

「鶴の家ですかい……」

木戸番は、幸吉に出涸《でがら》し茶を差し出した。

「ええ。どんな店かな」

「どんなって、留造《とめぞう》さんって父っつぁんが一人でやっていましてね……」

「留造さんですか……」

「ええ。ま、酒と料理はそこそこですが、何しろ女っ気のない店でしてね。とても繁盛しているとは……」

　木戸番は首をひねった。

「いえませんかい」

　幸吉は苦笑した。

「ええ……」

　木戸番は頷いた。

「でも、あの店の様子から見ると、随分と昔からやっているようだね」

「そいつが、店自体は一度潰れていましてね。留造さんが居抜きで買ってやるようになったのは、五年ぐらい前からですかね」

「五年ぐらい前からねえ……」

「ま。客も余りいないのでいつ潰れてもおかしくないんだけど、どうにか持っているって処ですか……」

「成る程ねえ。処でさっき、縞模様の半纏を着た男が入って行ったが、誰だろうな」

「縞模様の半纏を着た男ですか……」

「うん……」

「時々来ている留造さんの甥《おい》っ子かもしれませんね」

「留造さんの甥っ子……」

「ええ……」

木戸番は頷いた。

「以前、鶴の家で留造さんに引き合わされた事がありましてね」

「名前、分りますか……」

「確か清七《せいしち》だったと思いますが……」

木戸番は、自信なさげに答えた。

「清七……」

「ええ。処で鶴の家、どうかしたんですかい」

木戸番は眉をひそめた。

「いや。別にどうって訳じゃあないんだが、ちょいと気になってね」

幸吉は苦笑し、言葉を濁した。

居酒屋『鶴の家』の亭主は留造、縞模様の半纏を着た男は甥の清七……。

幸吉は、居酒屋『鶴の家』の表に戻り、清七が出て来るのを待つ事にした。

僅《わず》かな時が過ぎた頃、野菜を入れた竹籠《たけかご》を背負った百姓が『鶴の家』にやって来た。そして、声を掛けながら腰高障子を開け、店の中を覗《のぞ》いた。

刹那《せつな》、野菜売りの百姓は、驚いたように仰《の》け反《ぞ》って尻餅をついた。

何かあった……。

幸吉は、親父橋の袂から居酒屋『鶴の家』に走った。

「どうした……」

幸吉は、尻餅をついて後退《あとずさ》りしている百姓に十手を見せた。

「ひ、人が殺されている……」

百姓は、声を引き攣《つ》らせて店の中を震える指で差した。

「なに……」

幸吉は驚き、『鶴の家』の店に踏み込んだ。

縞模様の半纏を着た男が、腹に匕首《あいくち》を突き刺され仰向けに倒れていた。

清七……。

幸吉は、店に続く板場と奥の居間を覗いた。
板場と居間には誰もいなかった。
亭主の留造は何処《どこ》だ……。
幸吉は、居間の横にある梯子段《はしごだん》を上った。
梯子段を上ると狭い屋根裏部屋があり、隅に柳行李《やなぎごうり》と畳まれた蒲団《ふとん》があるだけだった。
留造も誰もいない……。
幸吉は、梯子段を降りて板場に出た。
板場の奥に勝手口の板戸があった。
幸吉は板戸を開けた。
板戸の外には東堀留川があり、小さな石段と船を繋ぐ棒杭があった。
幸吉は店に戻った。
百姓が、恐ろしげに店を覗いていた。
「こいつは未だ内緒だ……」
幸吉は、厳しい面持ちで言い聞かせた。
「へ、へい……」

百姓は恐ろしげに頷いた。
「それから、済まないが柳橋の笹舟って船宿に使いに行っちゃあくれないか」
幸吉は、百姓に小粒を握らせて頼んだ。
百姓は頷き、小粒を握り締めて駆け出して行った。
幸吉は、腹から血を流して死んでいる清七を見下ろした。
清七の死体は既に硬くなり、流れた血は乾き始めている。
清七は、『鶴の家』に来て間もなく殺された……。
幸吉はそう読み、清七の持ち物を調べた。
使い込んだ匕首、二分金が二枚と文銭の入った巾着《きんちゃく》、そして使い古した手拭《てぬぐい》……。
清七の素性を明かすような物は、何も持っていなかった。
居酒屋『鶴の家』の亭主の留造は、何処に行ったのだ。
帰って来るのを待つ……。
幸吉は、物陰に潜んで居酒屋『鶴の家』を見張った。
柳橋の船宿『笹舟』の土間の大囲炉裏は、冷たい川風に身を晒《さら》す客や船頭の為に炭を真っ赤に熾していた。

岡っ引の弥平次は、野菜売りの百姓の報せを受けて船頭の勇次《ゆうじ》を久蔵の許に走らせ、托鉢坊主《たくはつぼうず》の雲海坊《うんかいぼう》としゃぼん玉売りの由松《よしまつ》を従えて居酒屋『鶴の家』に急いだ。

報せは久蔵に届いた。

縞の半纏を着た男は殺された。

おそらく、居酒屋『鶴の家』に着いて直ぐに殺されたのだ。

いずれにしろ縞模様の半纏を着た男は、睨《にら》んだ通り真っ当な奴ではなかった。

もし、縞模様の半纏を着た男が盗人なら、殺しには盗賊の一味が絡んでいるのか……。

久蔵は思いを巡らせた。

そして、不意にある疑問に衝き上げられた。

縞の半纏を着た男は、南町奉行所に何しに来ていたのだ……。

久蔵は眉をひそめた。

二

居酒屋『鶴の家』に来る者はいなかった。

幸吉は、見張り続けた。

「幸吉……」

弥平次が、雲海坊と由松を従えて親父橋の船着場からやって来た。

「親分……」

幸吉は、久蔵に命じられて太市を追い、清七の死体を見つけた経緯《いきさつ》を話した。

「で、どうするつもりだ……」

弥平次は眉をひそめた。

「はい。騒ぎにならなければ、死体が未だ見つかっちゃあいないと思い、鶴の家の亭主の留造が戻って来るかもしれませんし、清七が秋山さまの睨み通り盗賊なら、一味の者が捜しに来るかもしれません」

幸吉は、自分の狙いを告げた。

「成る程、そいつで行くか……」

弥平次は、雲海坊と由松を振り向いた。

「承知……」

雲海坊は頷いた。

「じゃあ、あっしは裏を見張ります」

由松は、素早く『鶴の家』の裏の見える処に向かった。

「じゃあ、あっしは表を……」

雲海坊は、表を見張る事になった。

「それにしても幸吉、仏をこのままにはしちゃあ置けない。俺たちが乗って来た伝八《でんぱち》の猪牙が親父橋の船着場にいる。そいつを店の裏に着けな」

「はい」

「俺はそれ迄、仏さんを拝んでいるぜ」

弥平次は居酒屋『鶴の家』に向かい、幸吉は親父橋の下の船着場に走った。

雲海坊は、親父橋の袂に佇んで経を読み、托鉢を始めた。

弥平次は、辺りに不審な者がいないのを確かめて素早く『鶴の家』に入った。

居酒屋『鶴の家』の店内には、微かに血の臭いが漂っていた。

弥平次は、腹に匕首を突き立てて死んでいる清七に手を合わせた。

微かな死臭がした。

暑い夏であれば、既に腐敗が始まっている。

弥平次は、清七の死に顔を見つめた。

こいつは……。

弥平次は眉をひそめた。

清七の顔は、見覚えのあるものだった。だが、何処の誰かは思い出せなかった。

裏手に櫓の軋みが近付いて来て止まった。

「親分……」

幸吉が、勝手口から入って来た。

「幸吉、仏さんを包む物、何かないか……」

幸吉は、褞袍《どてら》に包んだ清七の死体を猪牙舟の船頭の伝八と弥平次に渡した。

弥平次と伝八は、褞袍に包んだ清七の死体を船底に横たえた。

「じゃあ幸吉、俺は仏さんを寺に預けてから秋山さまの処に行く。充分に気をつけてな」

弥平次は告げた。

「承知しました」

幸吉は頷いた。

「じゃあ親方……」

弥平次は、船頭の伝八を促した。

「合点です」

伝八は、弥平次と清七の死体を乗せた猪牙舟の舳先を日本橋川に向けた。


久蔵は、南町奉行所表門の門番たちを呼び、辰の刻五つ過ぎに縞模様の半纏を着た男が来なかったかを尋ねた。

半纏の縞模様はかなり派手なもので、門番たちが気付かない筈はない。

「さあ……」

門番たちは、眉をひそめて首を捻った。

「来なかったか……」

「はい……」

門番たちは、顔を見合わせて頷いた。

縞模様の半纏を着た男は、南町奉行所ではなく出入りする者に用があったのかもしれない。

「あの……」

門番の一人が、躊躇いがちに声をあげた。

「遠慮は無用だ。気付いた事があれば、何でも教えてくれ……」

久蔵は微笑んだ。

「はい。仰《おっしゃ》った縞模様の半纏を着た男ですが、確か数寄屋橋御門の陰に佇んでいたかと思います」

「数寄屋橋御門の陰にいたか……」

「はい。時々陰から縞模様の半纏が見えていたかと……」

「で、そいつ何をしていたのかな」

「はい。私には誰かが来るのを待っているように思えました」

「誰かが来るのをな……」

久蔵は眉をひそめた。

「はい」

「縞模様の半纏を着た男は、俺が出仕して来た時、鍛冶橋御門に向かって行ったたが、俺の前に誰が出仕して来たか覚えているかい」

「はあ。秋山さまの前には、確か例繰方《れいくりかた》同心の大森《おおもり》さまだったかと思いますが……」

門番は、自信なさげに首を捻った。

「定かじゃあねえか……」

「はい。申し訳ございません」

「詫《わ》びる必要はねえ。いや、造作を掛けたな。役目に戻ってくんな」

久蔵は、門番たちを労って解放した。

「例繰方同心の大森左兵衛《さへえ》か……」

例繰方とは、犯罪の情況、断罪の擬律案《ぎりつあん》の蒐集《しゅうしゅう》記録をし、後日の参考や事に臨んで検討索例する地味な役目だ。

縞模様の半纏の男は、例繰方同心の大森左兵衛が出仕するのを待っていたのかもしれない。

だが、そうだとする証は何もなく、只の睨みでしかない。

今は睨みに懸けるだけだ……。

久蔵は、己を嘲笑《あざわら》った。

大森左兵衛は、罪人の仕置をする時、先例集である御仕置裁許帳《おしおきさいきょちょう》に照らし合わせて貰うぐらいの付き合いであり、詳しい人柄や私生活は何も知らない。

久蔵は、大森左兵衛を調べた。

大森左兵衛は五十歳過ぎであり、組屋敷は八丁堀の岡崎町だった。

久蔵は、縞模様の半纏を着た男が殺されたと報せに来た勇次を呼んだ。

表門脇の腰掛けで待っていた勇次は、直ぐに用部屋の庭先にやって来た。

「秋山さま……」

「おう。待たせたな……」

久蔵は、濡縁《ぬれえん》に降りて庭先に控えた勇次に対した。

「例繰方同心の大森左兵衛を知っているかな」

久蔵は尋ねた。

「例繰方の大森左兵衛さまですか……」

勇次は眉をひそめた。

「五十過ぎの男だ……」

「存じません……」

勇次は、申し訳なさそうに首を横に振った。

「こっちが知らないって事は、向こうもお前が俺と繋がっているのを知らないって事だ」

久蔵は笑い、勇次の緊張をほぐした。

「はい……」

勇次は、安心したような笑顔を見せた。

「で、その大森左兵衛の組屋敷は、八丁堀の岡崎町でな。これから行ってちょいと噂などを聞き廻ってみてくれ」

「承知しました」

勇次は、久蔵に一礼して庭先から素早く出て行った。

久蔵は見送り、例繰方の用部屋に向かった。

例繰方の用部屋では、同心たちが机を並べて書類の整理をしていた。

久蔵は、大森左兵衛を捜した。

大森左兵衛は、用部屋の奥で書類を調べていた。

久蔵は、大森左兵衛を呼んだ。

火鉢の炭は赤く熾きていた。

大森左兵衛は、火鉢の傍にいる久蔵に茶を差し出した。

「済まねえ。戴くよ」

久蔵は茶をすすった。

「して秋山さま、御用とは……」

大森は、目尻に深い皺《しわ》を刻みながら久蔵を窺った。

「うむ。他でもねえ、悪党と連《つる》んで悪事を働いた与力同心は、どんな仕置を受けているのかな」

久蔵は、小声で告げて小さな笑みを浮かべた。

「悪党と連んだ与力同心……」

大森は、白髪の混じった眉をひそめた。

「ああ……」

久蔵は、大森の反応を窺った。

「そいつは、家をお取り潰しの上、死罪です」

大森は、厳しい面持ちで久蔵を見据えて告げた。

久蔵は、大森の厳しい視線に微かな怯《おび》えを感じた。

「家を取り潰されて死罪か……」

「はい……」

大森は頷いた。

「そうか……」

「秋山さま、誰かそのような者が……」

大森は、皺の目立つ喉元を上下させた。

「いや。まだ、そうと決まった訳じゃあねえがな……」

久蔵は苦笑した。

火鉢の炭が爆《は》ぜ、火花を散らした。


居酒屋『鶴の家』に、亭主の留造は戻って来なかった。

雲海坊は表、由松は裏から見張り、幸吉は『鶴の家』に潜み続けた。

幸吉、雲海坊、由松は、粘り強く張り込みを続けた。

秋山屋敷は、大助が昼寝をして静けさに包まれていた。

太市は、与平に前庭の植込みの手入れを教わっていた。

与平は熱心に教えた。だが、太市は今一つ気が入らなかった。

「どうしたんだ、太市……」

与平は、白髪眉をひそめた。

「あっ、申し訳ありません……」

太市は、慌てて詫びた。

「何か気になる事でもあるのかい……」

太市は、久蔵に命じられて縞模様の半纏を着た男を尾行した事を与平に話した。

「そいつは御苦労だったな」

「いえ。それで、与平さん、玉圓寺の裏手にあって竹吉さんって奉公人のいる組屋敷、知っていますか……」

「竹吉……」

「はい」

「そりゃあ、南町の同心の大森左兵衛さまのお屋敷だよ」

与平は、只でさえ八丁堀界隈《かいわい》の事情に詳しかったが、近頃は大助の子守りをしながら歩き廻り、一段と磨きが掛かっていた。

「大森左兵衛さま……」

「ああ。大森さまがどうかしたのかい」

「いえ。今日、表を通り掛かったもので……」

「そうか……」

「与平さん、大森さまのお屋敷にいる女の人は、どう云う方なんですか……」

「女の人……」

「はい。若い女の人です」

「いないよ。女は……」

「いない」

太市は戸惑った。

「ああ。大森さまは、奥さまとお子さんを疾《と》うの昔に病で亡くされてな。今じゃあ下男の竹吉と二人暮らしの筈《はず》だよ」

「二人暮らし……」

太市は困惑した。

居酒屋『鶴の家』から猪牙舟で去った若い女と良く似た〝おしん〟と云う娘は、何者でどうして大森家にいるのだ。

太市は気になった。

「大森さまのお屋敷に若い女がいたのかい」

「はい……」

「女の奉公人を雇ったとは聞いちゃあいないが、雇ったのかな……」

与平は首を捻った。

「御免下さい」

勇次が、表門の外に佇んでいた。

「おう。勇次じゃあないか、入りな」

「はい。お邪魔します」

勇次は、表門を潜って来た。

「お変わりなく……」

勇次は、与平に挨拶をした。

「ああ。この通りだ」

与平は、痩《や》せた手足を動かして見せた。

「勇次さん……」

「太市、達者にしていたかい……」

勇次は笑い掛けた。

「はい」

太市は僅かな間、船宿『笹舟』で船頭の見習いをしていた。その時、勇次は太市の面倒をいろいろ見た間柄だった。

「で、奥さまに御用ですか……」

太市は尋ねた。

「いや。ちょいと秋山さまに命じられた事を調べていてな」

「旦那さまに……」

与平は、勇次に怪訝な眼を向けた。

「はい。与平さん、玉圓寺の裏の組屋敷に住んでいる大森左兵衛さまですが、近頃何か変わった噂はありませんかね」

勇次は、八丁堀岡崎町にそれとなく大森家の噂を聞き廻った。そして、岡崎町界隈の出来事に一番詳しいのが与平だと思い出し、やって来たのだった。

「勇次さん、大森さまですか……」

太市は眉をひそめた。

「うん……」

勇次は頷いた。

与平と太市は、思わず顔を見合わせた。

「縞模様の半纏を着た野郎、清七って云うのかい……」

久蔵は眉をひそめた。

「はい。殺されていた鶴の家って居酒屋の主、留造の甥っ子って触れ込みだそうですが、本当かどうかは分りません」

弥平次は告げた。

「で、留造の行方は知れねえんだな」

「はい……」

弥平次は頷いた。

「清七を殺《や》ってふけちまったか……」

「清七が鶴の家に入ったのは、太市が見届けていますし、幸吉が殺されている清七に気付く迄に、来たのは死体を見つけた野菜売りの百姓だけですので……」

「弥平次、来た奴はいねえが、若い女が裏から猪牙舟で出て行くのを太市が見ているぜ」

「若い女……」

「じゃあ鶴の家には、清七が行く前から主の留造と若い女がいたと……」

弥平次は眉をひそめた。

「おそらくな……」

「若い女、何者ですかね……」

「さあな。それで弥平次。清七だがな、ひょっとしたら例繰方の大森左兵衛と拘《かか》わりがあるのかもしれねえ」

久蔵は、厳しさを過ぎらせた。

「例繰方の大森さまと……」

弥平次は驚いた。

「ひょっとしたらだ。それで今、勇次に大森の組屋敷界隈で評判を聞き込んで貰っている」

「そうですか……」

弥平次は、物静かで温厚な大森左兵衛を思い出していた。

「ま。大森左兵衛も生身の人である限り、何があっても不思議はねえさ」

久蔵は、淋しげな笑みを浮かべた。


「ああ……」

居酒屋『鶴の家』は静寂に包まれていた。

幸吉、雲海坊、由松は、交代で腹拵《はらごしら》えをして見張りを続けた。

未《ひつじ》の刻八つ半（午後三時）が過ぎ、陽は西に傾き始めた。

「幸吉っつぁん……」

雲海坊が、東堀留川に架かる親父橋に続く葭町《よしちょう》の通りを示した。

遊び人と浪人が、葭町の通りから『鶴の家』に向かって来た。

幸吉と雲海坊は、物陰に潜んで見守った。

遊び人と浪人は、『鶴の家』の前に立ち止まって腰高障子を叩いた。だが、返事は当然なかった。

遊び人と浪人は、腰高障子を開けて『鶴の家』に入って行った。

「胡散臭《うさんくさ》い野郎共だな……」

「ああ。客じゃあねえ……」

幸吉と雲海坊は囁《ささや》き合った。

僅かな時が過ぎ、遊び人と浪人が『鶴の家』から出て来た。

幸吉と雲海坊は見守った。

遊び人と浪人は、来た道を戻り始めた。
「うん。幸吉っつぁんの目論《もくろ》み通りだな」
「雲海坊……」
幸吉と雲海坊は、遊び人と浪人を追った。
葭町の通りは、人形町から浜町堀に抜けて両国広小路に続いている。
幸吉と雲海坊は、二手に別れて遊び人と浪人を尾行した。
遊び人と浪人は何者なのか……。
何処に行くのか……。
そして、『鶴の家』の留造や清七と拘わりがあるのか……。
幸吉と雲海坊は尾行た。
遊び人と浪人は、時々振り返ったり立ち止まったりし、歩調を変えながら進んだ。
尾行を警戒している……。
それは明らかに堅気《かたぎ》ではなく、尾行をしたりされたりするのに馴《な》れた玄人《くろうと》だ。
只者じゃあない……。
幸吉は睨んだ。

遊び人と浪人は、人形町から浜町河岸に抜けて両国広小路に出た。

両国広小路は見世物小屋や露店が並び、松の内が過ぎても賑わっていた。

遊び人と浪人は、広小路の賑わいを抜けて両国橋に向かった。

幸吉の傍に雲海坊が並んだ。

「玄人だな……」

雲海坊は囁いた。

「ああ……」

幸吉は、雑踏を行く遊び人と浪人の後ろ姿を見つめて頷いた。

大川には様々な船が行き交っていた。

遊び人と浪人は両国橋を渡り、東詰の向こう両国元町に出た。そして、本所竪《たて》川《かわ》沿いの道を進んだ。

雲海坊は、幸吉と交代して慎重に尾行した。

幸吉は、竪川を挟んだ対岸の道から追った。

遊び人と浪人は、竪川に架かっている二つ目之橋の袂で立ち止まった。

雲海坊は、のんびりと経を読みながら遊び人と浪人の傍を通り過ぎた。

遊び人と浪人は、雲海坊を見送って二つ目之橋の袂にある大戸を閉めた家に入った。

幸吉は、物陰から見届けた。

三

本所竪川は夕陽に染まった。

遊び人と浪人は、大戸を閉めた家に入ったまま出て来なかった。

幸吉は見張った。

「どうだい……」

雲海坊が、聞き込みから戻って来た。

「誰の出入りもないが、そっちは何か分ったかい」

幸吉は、大戸を閉めた家を見据えたまま尋ねた。

「この家は元荒物屋だったが、潰れてな。その後、下総行徳《しもうさぎょうとく》の問屋場《といやば》が行徳船の船頭や人足の宿として買ったそうだ」

雲海坊は告げた。

行徳船とは、下総行徳から竪川や小名木川《おなぎがわ》を使って醬油や米を江戸に運ぶ荷船だ。

「行徳の問屋場、何て屋号だ」

「そいつは未だだ……」

「そうか。それにしても遊び人と浪人、どう見ても船頭や人足には見えねえな」

幸吉は苦笑した。

「ああ……」

雲海坊は頷いた。

「よし。此処《ここ》は俺が見張る。雲海坊は親分に報せてくれ」

「うん。じゃあ、ついでに張り込みの仕度をして来るぜ」

「ああ。頼むぜ」

雲海坊は、幸吉を残して竪川沿いの道を大川に向かった。

幸吉は、寒そうに身を縮めて大戸を閉めた家を見張った。

燭台《しょくだい》の火は瞬いた。

久蔵は、勇次と太市の話を聞き終えた。

「そうか、鶴の家から猪牙で出て行った女に良く似たおしんって娘が、大森左兵衛の組屋敷にいるのかい……」

「はい……」

太市は頷いた。

「それから、出入りの商人や周囲のお屋敷の奉公人にそれとなく聞いたのですが、大森さまに悪い噂や評判はなく、寧《むし》ろ迷子の家を探してやったり、病の年寄りを医者に連れて行ったとか、良い話ばかりでして。与平さんも穏やかな良い人だと……」

勇次は告げた。

「俺もそう思っていたぜ……」

久蔵は苦笑した。

だが、今その大森左兵衛には、何かが起きているのだ。

大森の組屋敷にいるおしんと云う娘は何者なのか……。

久蔵は、思いを巡らせた。

燭台の火は微かな音を鳴らした。

東堀留川に月影は揺れた。

由松は、東堀留川越しに居酒屋『鶴の家』の裏手を見張り続けた。

数人の客が『鶴の家』を訪れたが、明かりが灯っていないのを見て帰って行った。

夜の東堀留川に櫓の軋みが響いた。

由松は、櫓の軋みの近付いて来る闇に眼を凝らした。

猪牙舟が思案橋《しあんばし》の下から現れた。

由松は、身を潜めて見守った。

頬被りに菅笠を被った船頭は、櫓を漕《こ》ぐのを止め、竹竿を使って猪牙舟を居酒屋『鶴の家』の裏手に着けた。そして、猪牙舟を棒杭に舫《もや》い、石段を上がって『鶴の家』に入って行った。

『鶴の家』の主の留造が、漸《ようや》く戻って来たのか……。

由松は、『鶴の家』の表に廻った。

店の暗い腰高障子に仄かな明かりが映った。

仄かな明かりは、揺れて動き廻った。

手燭《てしょく》に火を灯し、店内を調べている……。

由松は睨み、腰高障子の傍に潜んで店内を窺った。

白髪頭の留造の疲れ切った顔が、揺れる手燭の火を受けて不安げに浮かんでいた。

留造は、手燭の火を翳《かざ》し、清七の死体があった辺りを詳しく調べた。

役人が気付いて始末をしたなら、昼間それなりの騒ぎになった筈だ。しかし、そんな様子はなかった。ならば、鹿蔵《しかぞう》たちが密かに片付けたのか。

それとも死んではいなく逃げたのか……。

留造は、不意にそう思って戸惑った。

屋根裏部屋で微かな物音がした。

留造は、天井を見上げ、手燭の明かりを翳して梯子段を上がって行った。

手燭の火は揺れ、梯子段は軋みを鳴らした。

お縄にするか、泳がすか……。

由松は、腰高障子の傍に潜み、留造が梯子段を降りて来るのを待った。

留造は、手燭で足元を照らしながら梯子段を降りて来た。そして、酒を飲みながら深々と溜息を洩らした。

今夜はもう動かない……。

由松は見極め、逸《はや》る気持ちを抑えて見張りを続ける事に決めた。

留造は、酒を飲み続けた。

酒は不味《まず》いのか、留造は今にも泣き出さんばかりに顔を歪《ゆが》めていた。

由松は戸惑った。

留造は、酒を飲みながら泣き、白髪頭を掻《か》き毟《むし》って己を罵《ののし》った。

何かを激しく悔やんでいる……。

由松は、留造を密かに見守るしかなかった。

留造は、酒を飲んで酔い潰れていった。

屋根船は船行燈《ふなあんどん》を揺らし、竪川に架かる一つ目之橋を潜ってやって来た。

幸吉は眼を凝らした。

屋根船は、二つ目之橋の船着場に船縁《ふなべり》を寄せ始めた。巧みに屋根船を操る船頭は、寒さ凌《しの》ぎの頬被りに綿入れ半纏を着た伝八だった。

幸吉は船着場に降りた。

「伝八の親方……」

「おう。頼むぜ」

伝八は、幸吉に舫い綱を放った。

幸吉は、手際良く屋根船を舫った。

「待たせたな。交代するぜ、暖まってくれ」

雲海坊が、障子の内から出て来た。

「ありがてえ……」

幸吉は、障子の内に入った。

障子の内には、火鉢が置かれて暖かかった。

「御苦労だな」

火鉢の傍に弥平次がいた。

「こりゃあ親分……」

「まあ。火鉢に当たりな」

「はい……」

幸吉は、火鉢に両手を翳した。

「こいつで温まるんだな」

弥平次は、湯呑茶碗に温かい酒を満たして幸吉に差し出した。

「ありがたい。戴きます」

幸吉は、湯気の昇る温かい酒をすすった。

温かい酒は、五体の隅々に染み渡った。

幸吉は、大きな吐息を洩らした。

「話は雲海坊に聞いたが、その後、変わりはないか……」

「はい。出入りする者もいなく、まるで息をひそめているかのように静かです」

「幸吉、清七殺しの一件、ひょっとしたら南の例繰方同心の大森左兵衛の旦那が拘わっているかもしれない」

弥平次は眉をひそめた。

「例繰方の大森さまが……」

幸吉は、例繰方同心の大森左兵衛の穏やかな顔を思い浮かべた。

「ああ。秋山さまはそう睨み、勇次に大森さまの身の廻りを洗わせている」

「そうですか……」

「で、遊び人と浪人、只者じゃあないんだな」

「ええ。尾行を警戒した足取りは、まるでお尋ね者か凶状持《きょうじょうもち》ですよ」

幸吉は厳しさを滲ませた。

「盗賊の一味かな……」

弥平次は睨んだ。

「盗賊……」

「ああ。奴らのいる潰れた荒物屋、下総は行徳の問屋場の持ち物だと云ったな」

「はい……」

「下総には行徳の鹿蔵って盗人がいる……」

弥平次の眼が鋭く輝いた。

「行徳の鹿蔵……」

幸吉は眉をひそめた。

「ああ。俺も面を見た事はないが、手下を従えて下総や常陸《ひたち》で押し込みを働いている非道な盗人だそうだ」

「じゃあ親分、殺された清七と浪人や遊び人が、盗賊の行徳の鹿蔵一味の者だと……」

「うむ。明日にでも行徳の鹿蔵一味の奴らの人相書が手に入らないか、秋山さまに聞いてみる」

「分りました」

「じゃあ、後は頼んだぜ」

「承知しました」

弥平次は、屋根船を降りて船頭の親方の伝八と一緒に柳橋に帰って行った。

本所竪川二つ目之橋と柳橋は、大川に架かっている両国橋を渡れば遠くはない。

幸吉と雲海坊は、屋根船を根城にして元荒物屋を見張った。

屋根船には、火鉢や酒の他に蒲団や夜食なども積み込まれていた。

幸吉と雲海坊は、交代で見張りを続けた。

辰の刻五つ。

久蔵は、太市を従えて南町奉行所に向かった。

外濠は凍《い》て付いたように静まっていた。

久蔵と太市は、京橋川沿いの道から比丘尼橋に出た。

久蔵は眉をひそめた。

比丘尼橋の袂に大森左兵衛が佇んでいた。

「旦那さま……」

太市は、戸惑い微かに喉を鳴らした。

「大森左兵衛だ」

久蔵は囁いた。

「大森さま……」

太市は、己に言い聞かせた。

大森左兵衛は、久蔵に気付いて微笑み、会釈をした。

大森左兵衛は俺を待っていた……。

久蔵の直感が囁いた。

「太市、後から来な」

久蔵は命じた。

「分りました……」

太市は立ち止まった。

久蔵は、比丘尼橋の袂の大森左兵衛に近寄った。

「やあ……」

久蔵は微笑んだ。

「お待ちしていました」

大森は、久蔵の後ろに付いて堀端を数寄屋橋御門に向かった。歳は大森が上だが、家格は久蔵が上だった。

「話があるなら、隣に来てくれ」

「えっ……」

大森は戸惑った。

「遠慮は無用だ。面を見ねえと話しづらいんでな」

「では……」

大森は、久蔵に並んだ。

「で……」

久蔵は、大森を促した。

「盗賊の一味から足を洗いたいと願い、逃げ出した者がおりましてな……」

大森は緊張を滲ませた。

「ほう……」

「だが、盗賊の頭《かしら》はそれを許さず、裏切り者として追手を差し向けました」

「追手だと……」

久蔵は、厳しさを過ぎらせた。

「ええ。それでどうしたら良いかと……」

「盗賊の名は……」

「行徳の鹿蔵と申します」

「行徳の鹿蔵。余り聞かない名前だな」

久蔵は眉をひそめた。

「ええ。下総や常陸を荒らし廻っている盗賊でしてな。押し込み先の者を皆殺しにする非道な者です」

「外道か……」

「はい」

「その鹿蔵って外道、行徳にいるのかい」

「それが、裏切った者を追って手下たちと江戸に出て来ているそうです」

「江戸にな。で……」

「どうしたら良いかと……」

大森は、久蔵を窺った。

「鹿蔵を始めとした外道共を一人残らず捕らえるしかない」

「一人残らず……」

大森は戸惑った。

「一人でも逃がせば、足を洗った者を密告した裏切り者として、執念深く追い続ける」

「しかし、一人残らず捕らえるとなると……」

大森は困惑した。

「捕らえるのが無理なら、叩き斬って禍根を断つしかあるまい」

久蔵は、冷徹に云い放った。

「斬りますか……」

大森は眉をひそめた。

「ああ。こっちの覚悟と恐ろしさを見せつけなければ、外道は引き下がらねえ」

「そうですか……」

「何処にいるんだい。外道の鹿蔵共は……」

「それが良く分らないと……」

「大森、足を洗いたがっている奴に逢えるかな……」

「それは……」

大森は言葉を濁した。

外濠に枯葉が散り、凍て付いたような水面《みなも》に波紋が広がった。

久蔵と大森は、堀端を数寄屋橋御門に進んだ。

久蔵は苦笑した。

「まあ、良いさ」

大森は詫びた。

「申し訳ございませぬ」

「逢えないか……」


久蔵と大森左兵衛は、南町奉行所の表門を潜った。

「御造作をお掛け致しました」

大森は、久蔵に頭を下げた。

「大森、用がある時には、いつでも声を掛けてくれ」

「秋山さま……」

「遠慮は無用だぜ」

久蔵は微笑んだ。

「忝《かたじけ》のうございます。では……」

大森は、久蔵に深々と頭を下げて例繰方の用部屋に向かって行った。

久蔵は見送った。

大森の背には、微かな淋しさが漂っていた。

「旦那さま……」

太市が追って来た。

「太市、大森の組屋敷に行き、何か変わった事がないか調べてくれ」

「承知しました。じゃあ……」

太市は、南町奉行所を足早に出て行った。

盗賊の一味から足を洗いたいと願う者……。

行徳の鹿蔵……。

久蔵は、清七が鹿蔵一味の盗賊だと睨んだ。そして、清七は足を洗いたいと願う者の追手であり、逆に殺されたのだ。

盗賊の行徳の鹿蔵一味から足を洗いたいと願っている者は、居酒屋『鶴の家』から猪牙舟で逃げ、大森の組屋敷にいるおしんと云う娘なのかもしれない。

今、大森左兵衛は何かを企てている……。

久蔵は、不意にそう思った。そして、それは不吉な予感を覚えさせた。

居酒屋『鶴の家』は静かな朝を迎えた。

主の留造は顔を洗い、身支度を整えて『鶴の家』を出た。そして、白髪頭を俯《うつむ》き加減にし、思い詰めた面持ちで人形町に向かった。

何処に行く気だ……。

由松は追った。


盗賊・行徳の鹿蔵……。

久蔵は、行徳の鹿蔵の人相書を捜した。

行徳の鹿蔵は、五十歳過ぎの痩せた男であり、大森左兵衛の云ったように下総や常陸を始めとした関八州で外道働きをしている盗賊だった。

久蔵は、引き続き大森左兵衛を調べた。

大森左兵衛は、若い頃に直心影流《じきしんかげりゅう》をかなり修行しており、それなりの遊び人だった。それは、温厚で謹厳実直な今の大森から想像し難い姿だった。

若い頃にはいろいろある……。

久蔵は、己の昔を思い出した。

柳橋の弥平次が訪れた。

久蔵は、弥平次を用部屋に通した。

弥平次は、幸吉と雲海坊が居酒屋『鶴の家』に来た遊び人と浪人を追い、本所竪川の家を突き止めた事を報せた。

「その家の持ち主、行徳の問屋場なのか……」

久蔵は眉をひそめた。

「そう云う触れ込みですが、本当の処は……」

「分らねえか……」

「はい。で、秋山さま、行徳には鹿蔵って盗賊がおりまして……」

弥平次は、厳しさを浮かべた。

久蔵は苦笑した。

「何か……」

弥平次は戸惑った。

「こいつを見てくれ」

久蔵は、行徳の鹿蔵の人相書を弥平次に差し出した。

「こいつは……」

弥平次は、思わず人相書と久蔵を見比べた。

「実はな弥平次。今朝……」

久蔵は、大森左兵衛と話した事を弥平次に教えた。

「そうでしたか。大森さまがねえ……」

弥平次は眉をひそめた。

「ああ。どうやら清七殺しは、盗賊行徳の鹿蔵一味から足を洗いたいと願う者を巡っての事らしいぜ」

「ええ。で、足を洗いたいと願う者とは……」

「大森は云わなかったが、おそらく鶴の家から猪牙で立ち去った若い女だ」

久蔵は睨んだ。

「今、大森さまの組屋敷にいるおしんって娘ですか……」

弥平次は、勇次から報されていた。

「ああ。そして、大森左兵衛は何かをしようとしている……」

「秋山さま……」

弥平次は、緊張を過ぎらせた。

「そいつが何かは分らねえがな……」

「あの大森さまが……」

弥平次は、困惑に包まれた。

「ああ。とにかく弥平次、本所竪川の家を見張り、行徳の鹿蔵が潜んでいるかどうか探りを入れてくれ」

「承知しました」

「大森左兵衛は和馬《かずま》に見張らせる」

和馬とは、南町奉行所定町廻《じょうまちまわ》り同心の神崎《かんざき》和馬だ。

「大森さまを……」

「ああ。大森左兵衛がどう出るか。事と次第によっては……」

久蔵は、不敵な笑みを浮かべた。

四

大川に冷たい風が吹き抜け、人々は身を縮めて足早に両国橋を行き交った。

留造は、思い詰めた眼差しで両国橋を渡り、本所に入った。

由松は尾行した。

本所竪川二つ目之橋の船着場では、繋がれた屋根船が流れに揺れていた。
幸吉と雲海坊は屋根船に潜み、交代で大戸の閉められた家を見張り続けた。
大戸の閉められた家は、時々買い物に行く町方の若い男が出入りするぐらいだった。
見張っていた幸吉は、竪川沿いの道を来る由松に気付いた。
誰かを尾行ている……。
由松の様子を読んだ幸吉は、尾行ている相手を捜した。
白髪頭の年寄り……。
幸吉は、重い足取りで来る白髪頭の老爺《ろうや》が由松の尾行ている相手だと睨んだ。
居酒屋『鶴の家』の見張りに残った由松の尾行る相手は、主の留造しかいない。
白髪頭の老爺は、二つ目之橋の袂に佇んだ。
由松は、竪川沿いの物陰に潜んで老爺を見守った。
白髪頭の老爺は、思い詰めた眼で大戸を閉めた家を見つめていた。
幸吉は、物陰に潜んでいる由松に近付いた。

「幸吉の兄貴……」

由松は、戸惑いを浮かべた。

「鶴の家の留造か……」

幸吉は、二つ目之橋の袂に佇んでいる留造を示した。

「ええ。で、兄貴は……」

由松は頷き、幸吉に怪訝な眼を向けた。

「昨日、鶴の家に来た遊び人と浪人、あの家に入ったままでな……」

幸吉は、留造が見つめている大戸を閉めた家を示した。

「どう云う家ですか……」

由松は眉をひそめた。

「下総は行徳の問屋場の江戸での宿って触れ込みだが、親分の睨みじゃあ盗人の隠れ家だ」

「盗人の隠れ家……」

由松は、緊張を滲ませた。

「ああ……」

「じゃあ留造も……」

「一味の盗人かもしれねえな」

幸吉と由松は、留造を見つめた。

留造は、二つ目之橋の袂から大戸を閉めた家を睨み付けて踏み出した。

「由松……」

「はい……」

幸吉と由松は緊張した。

留造は、僅かに進んで立ち止まった。そして、口惜しげに顔を歪め、白髪頭を横に振ってその場から足早に離れた。

「兄貴……」

「由松、留造からいろいろ聞き出してみるんだな」

「承知……」

由松は、立ち去って行く留造を追った。

留造は、湯呑茶碗の酒を飲み干した。

「酒だ。酒をくれ」

留造は、空になった湯呑茶碗を掲げて一膳飯屋の若い亭主に注文した。

「父っつぁん、昼間から飲み過ぎだぜ」
若い亭主は、呆れ顔で酒を満たした湯呑茶碗を留造の前に置いた。
留造は、若い亭主の嫌味にも構わず新しい酒を飲んだ。
若い亭主は、嘲笑《ちようしよう》を浮かべて空の湯呑茶碗を持って板場に戻った。
由松は、浅蜊《あさり》のぶっかけ飯を食べながら留造を見守った。
留造は、大戸を閉めた家の前から一膳飯屋に来て酒を飲み始めた。
己を嘲笑い、苛立《いらだ》たしげな飲み方だった。
何があったんだ……。
由松は、酒を呷《あお》る留造に困惑せずにはいられなかった。
留造は、数杯の湯呑茶碗の酒を飲み干してお代わりを頼んだ。
「父っつぁん、お代わりは良いが、金はあるんだろうな」
若い亭主は眉をひそめた。
「ああ。金ならあるぜ……」
留造は、巾着を出して若い亭主に見せた。
若い亭主は、巾着を取って中を覗き、怒りを滲ませた。
「父っつぁん、巫山戯《ふざけ》ちゃあならねえ。酒は湯呑茶碗一杯一合三十文。そいつをもう五杯も飲んだんだぜ」

「一合三十文……」

留造は、酔った眼をしばたたいた。

「ああ。三十文で五杯飲めば百五十文だ。それなのに巾着には百文もねえ」

「足らないか……」

留造の眼から酔いが引いた。

「ああ。足らないんだよ。惚《とぼ》けやがってこの爺《じじ》い」

若い亭主は、留造を突き飛ばした。

留造は、飯台に当たって倒れ込んだ。

湯呑茶碗や皿が落ち、派手な音を鳴らして砕け散った。

「この糞爺い……」

若い亭主は、倒れている留造の襟首を鷲摑《わしづか》みにして店の外に引き摺《ず》り出そうとした。

「待ちな……」

由松は止めに入った。

「止めねえでくれお客さん……」

若い亭主は、由松が止めたのにも拘わらず、留造を放り出そうとした。

由松は、若い亭主を押さえて素早く小粒を握らせた。

「お客さん……」

若い亭主は戸惑った。

「後はあっしに任せちゃあくれねえかい」

「あ、ああ……」

若い亭主は、小粒を握り締めて頷いた。

「ありがてえ……」

由松は、若い亭主に笑い掛けた。


竪川の流れは冷たかった。

由松は、留造を竪川に架かる三つ目之橋の船着場に連れて降り、汚れた顔を洗わせた。

「どうした、父っつぁん。大丈夫か……」

由松は、濡れた顔の留造に手拭を渡した。

「済まねえ……」

留造は、濡れた顔を拭って深々と溜息をついた。

「辛《つれ》え事でもあったのかい……」

「兄い。俺はたった一人の娘を泣かせ、孫娘も泣かせている馬鹿な爺いなんだよ」

留造は鼻水をすすった。

「娘と孫娘……」

由松は眉をひそめた。

「ああ。だから孫娘を追う野郎は……」

留造は言葉を濁した。

「どうにか片を付けたかい……」

由松は、孫娘を追う野郎を殺された清七だと読んだ。

「ああ……」

留造は頷いた。

清七を殺したのは、居酒屋『鶴の家』の主の留造なのだ。

由松は知った。

「だけど、孫娘を泣かせる張本人はまだいる。だから何とかしようと思ったが、いざとなったら何も出来ねえ。もうくたばっても不足はねえ歳だってのに……」

留造は、孫娘を泣かせる奴に何かをしようとした。だが、それが出来ない己を責め、苛立ちを忘れる為に酒を呷っていた。

冷たい風が留造を責めるように吹き抜けた。

留造は、皺だらけの顔に涙を零《こぼ》し、鼻水をすすった。鬢《びん》の白髪の解《ほつ》れ髪が揺れた。

由松は、不意に憐《あわ》れみを覚えた。

「父っつぁん、蕎麦《そば》でも食って温まろうや」

由松は、留造を誘った。

竪川を来る船の櫓の軋みが響いた。


本所竪川は大川から下総中川を繋いでいる。

中川から来た荷船は、二つ目之橋の船着場に船縁を寄せた。

縕袍を羽織った雲海坊は、障子の隙間から外を覗いた。

荷船に積まれた荷物の陰から、年寄りの痩せた男が浪人と二人の町方の男を従えて現れ、船着場から大戸を閉めた家に向かった。

雲海坊は、屋根船の障子の内から見送った。

大戸を閉めた家の潜り戸が開き、年寄りの痩せた男たちが素早く入って行った。

雲海坊は見届けた。

幸吉が、屋根船に戻って来た。

「見たか……」

「行徳の問屋場の主って野郎かな」

「雲海坊もそう見るかい」

「ああ……」

雲海坊は薄く笑った。

「それに町方の野郎が二人と浪人が一人……」

「前からいるのが、浪人と遊び人に若い野郎の三人……」

「俺たちが知る限り、家にいるのは鹿蔵を入れて都合七人か……」

「ああ……」

幸吉と雲海坊は、緊張した面持ちで大戸を閉めた家を見据えた。

申《さる》の刻七つ（午後四時）が近付いた。

町奉行所の与力・同心の帰宅の刻限だ。

「秋山さま……」

定町廻り同心の神崎和馬が、久蔵の用部屋にやって来た。

「おう。どうした」

「大森さん、帰る仕度をし始めました」

和馬は、久蔵に報せた。

「そうか。真っ直ぐ八丁堀の組屋敷に帰るか、それとも他に行くか。外にいる勇次と一緒に追ってくれ」

「心得ました」

和馬は、一礼して用部屋を出て行った。

大森左兵衛は動くのか……。

久蔵は、手焙りの炭に灰を掛けた。

冬の日暮れは早い。

沈む夕陽の斜光が、用部屋の障子に鋭く映えた。

大森左兵衛は、南町奉行所を出て数寄屋橋御門に向かった。

和馬は、続いて南町奉行所の表門を出た。

「和馬の旦那……」

勇次が寄って来た。

「さあて、追うか……」

「じゃあ、あっしが先に……」

「うん。大森さんと一緒に仕事をした事はないが、俺の面は割れている。頼むよ」

「お任せを……」

勇次は、大森を追った。

和馬は続いた。


大森左兵衛は、数寄屋橋御門を渡って外濠沿いに進んだ。そして、比丘尼橋から日本橋の通りを横切り、楓川に架かる弾正橋を渡って八丁堀に入った。

組屋敷に帰る……。

勇次は睨んだ。

大森は、勇次の睨み通りに八丁堀岡崎町の組屋敷に帰った。

勇次は見届けた。

「勇次さん……」

太市が、物陰から出て来た。

「おう。太市も見張っていたのか……」

「はい。旦那さまに云われて……」

「そうか……」

「組屋敷に戻ったな」

和馬が追って来た。

「はい」

「おう、太市も御苦労だな」

「いいえ……」

「さあて、大森さん、これからどうするかだな……」

「ええ……」

勇次は頷いた。

和馬、勇次、太市は、大森の組屋敷を見張り始めた。

日は暮れた。

荷船でやって来た年寄りの痩せた男は、人相書に描かれた盗賊・行徳の鹿蔵の顔に良く似ていた。

「この野郎に間違いありません……」

幸吉は、人相書を見て弥平次に告げた。

「やっぱり、行徳の鹿蔵か……」

弥平次は眉をひそめた。

「はい」

「で、何人いるんだ」

「あっしたちの知る限りでは、鹿蔵を入れて七人ですが……」

幸吉は、突き止められなかった口惜しさを滲ませた。

「七人以上いるかもしれないか……」

弥平次は、厳しさを滲ませた。

白刃は、燭台の明かりを受けて鈍い輝きを放っていた。

大森左兵衛は、厳しい面持ちで鈍く輝く白刃を見つめた。

「おせい、お前を裏切った償いをさせて貰うよ……」

大森は、白刃に浮かんだおせいの面影に呟いた。だが、おせいの面影は、一瞬にして崩れて消え去った。

顔も思い出せぬ程、昔の事だ……。

大森は苦笑した。

「旦那さま……」

下男の竹吉が、廊下から静かに声を掛けた。

大森は、白刃に拭いを掛けて鞘《さや》に納めた。

「うむ……」

「おしんを連れて参りました」

「入るが良い」

竹吉が、おしんを連れて大森の座敷に入って来た。

「おしん。これから鹿蔵と話をつけてくる」

「大森さま……」

おしんは、緊張に身体を硬くした。

「何もかもこれで終わる……」

「ですが……」

おしんは不安を浮かべた。

「心配は無用だ……」

大森は微笑んだ。


大森屋敷の木戸門が開き、提灯《ちょうちん》の明かりが揺れた。

下男の竹吉が、提灯で後から来る大森左兵衛の足元を照らした。

大森左兵衛は、軽衫袴《かるさんばかま》に草鞋《わらじ》履きで塗笠を手にして出て来た。

「では な、竹吉……」

大森は、竹吉に頷いて見せ、塗笠を被った。

「旦那さま……」

竹吉は、今にも泣き出しそうな顔で大森を見つめた。

「行って参る」

大森は、楓川に向かった。

竹吉は、深々と頭を下げて大森を見送った。

その肩は小刻みに震えた。

動いた……。

「和馬の旦那……」

勇次は意気込んだ。

「うん。行くぞ……」

和馬、勇次、太市は、見送る竹吉を迂回《うかい》するようにして大森を追った。

大森左兵衛は、楓川に架かる松屋橋を渡って日本橋の通りに出た。そして、日本橋に向かった。

和馬、勇次、太市は、連なる店の軒下の暗がりを伝い、慎重に尾行した。

「行き先は、おそらく本所竪川二つ目之橋の袂の家だな」

和馬は睨んだ。

「きっと……」

勇次は頷いた。

「神崎さま、勇次さん。俺、旦那さまに報せます」

「ああ。頼むぜ」

和馬は頷いた。

「じゃあ……」

太市は、和馬と勇次に告げて八丁堀に駆け戻って行った。

大森左兵衛は、足早に日本橋に進んだ。

和馬と勇次は追った。


久蔵は、式台で弥平次からの手紙を読んだ。

手紙には、本所竪川二つ目之橋の袂の家に行徳の鹿蔵と一味の者共が集まっていると書き記されていた。

行徳の鹿蔵、現れたか……。

久蔵は、密かな嘲《あざけ》りを浮かべた。

「あの、秋山さま。手前はこれで……」

本所相生町《あいおいちょう》の自身番の番人は、弥平次の手紙を無事に届けた安堵を滲ませた。

「ああ。御苦労だったな……」

久蔵は番人を労った。

「へい。じゃあ、御無礼致します」

自身番の番人は、与平に誘《いざな》われて表門に向かった。

久蔵は、自室に戻って香織を呼んだ。

「お出掛けにございますか……」

香織は、久蔵の行動を読んでいた。

「ああ。相手は行徳の鹿蔵って外道働きの盗賊だ」

久蔵は、香織の介添えで着替えを始めた。

「お気を付けて……」

「心得ている」

だが、幾ら気を付けても、斬られる時は斬られ、死ぬ時は死ぬ。

死は不意にやって来る……。

久蔵は、不敵な笑みを浮かべた。

「旦那さま……」

庭先に太市がやって来た。

「おう。大森左兵衛、動いたか……」

久蔵は濡縁に出た。

「はい。組屋敷を出て日本橋に。神崎さまと勇次さんは、行き先はおそらく本所竪川二つ目之橋だろうと……」

太市は、庭先に控えて告げた。

「どんな形《なり》だ」

「形……」

太市は戸惑った。

「ああ、足拵えだ」

「それなら軽衫袴に草鞋履きです」

「軽衫袴に草鞋履きか……」

大森左兵衛は、行徳の鹿蔵たち盗賊を斬り棄てる覚悟だ。

久蔵は睨んだ。

「よし。御苦労……」

久蔵は、太市を労った。

「香織。じゃあ、ちょいと行って来るぜ」

久蔵は微笑んだ。

夜の竪川に拍子木の音が鳴り響いた。

「火の用心、さっさりましょう。火の用心……」

木戸番は、拍子木を打ち鳴らしながら竪川沿いの道を夜廻りして行った。

弥平次、幸吉、雲海坊は、大戸を閉めた家を見張った。

行徳の鹿蔵と一味の者たちは、大戸を閉めた家から出て来る事はなかった。


大森左兵衛は両国橋を渡り、本所竪川沿いの道を進んだ。

和馬と勇次は、暗がり伝いに追った。

大森は、二つ目之橋の袂で立ち止まった。

和馬と勇次は、物陰に潜んで大森を見守った。

大森は、二つ目之橋の袂にある大戸を閉めた家を見据えていた。

雲海坊が、和馬と勇次の背後に現れた。

「和馬の旦那……」

「おお。雲海坊、あの家は行徳の問屋場の宿だな」

「ええ。盗賊行徳の鹿蔵の宿ですぜ」

「鹿蔵、いるのか……」

「はい。どうにか見定めましてね。秋山さまには親分が報せました」

「そうか……」

「ありゃあ、大森左兵衛さんですかい」

雲海坊は、二つ目之橋の袂に佇んでいる塗笠を被った大森を示した。

「うん。で、弥平次の親分は……」

「船着場の屋根船に。それから幸吉っつぁんが裏に……」

「そうか……」

「和馬の旦那、雲海坊の兄貴……」

勇次が小声で呼んだ。

和馬と雲海坊は大森を見た。

大森は、大戸を閉めた家に近寄って潜り戸を叩いた。

和馬、雲海坊、勇次は見守った。

潜り戸が開き、零れた明かりが大森を照らした。

大森は、短く言葉を交わして家に入った。

若い男が、辺りを見廻して潜り戸を閉めた。

和馬、雲海坊、勇次は、足音を忍ばせて家に近寄った。

弥平次が、船着場からやって来た。

「和馬の旦那……」

「親分、大森左兵衛さんだ……」

和馬は眉をひそめた。

不意に潜り戸が破られ、若い男が突き飛ばされたように転がり出て来た。

「くそっ」

和馬は、潜り戸から家の中に駆け込んだ。

「勇次、縄を打て。雲海坊、裏に廻れ」

弥平次は命じた。

「承知……」

雲海坊は裏手に走り、勇次は若い男を十手で殴り飛ばして縄を打った。

弥平次は、和馬を追って潜り戸を潜った。


大森左兵衛は、斬り掛った浪人に抜き打ちの一刀を放った。

浪人は仰け反り、腹から血を振り撒《ま》いて倒れた。

「殺せ。この爺いを殺せ」

行徳の鹿蔵は、残る二人の浪人と手下たちに命じ、奥に逃げた。

二人の浪人と手下たちは、大森を取り囲んで白刃や長脇差を向けた。

「行徳の鹿蔵、南町奉行所だ。神妙にしろ」

踏み込んで来た和馬が、手下の一人を十手で激しく殴り飛ばした。

二人の浪人と手下たちは、思わず怯《ひる》んだ。

刹那、大森は浪人を袈裟懸《けさが》けに斬り下げた。

浪人は肩から血を噴き上げ、叩き付けられたように床に沈んだ。

大森は、和馬を一瞥し、鹿蔵を追って家の奥に向かった。

和馬は、追い掛けようとした浪人と手下の前に立ちはだかった。

弥平次と勇次が戸口を塞いだ。


大森は、鹿蔵を追って座敷に踏み込んだ。

鹿蔵が、長脇差を構えていた。

「鹿蔵、おしんへの手出し、これ迄だ」

大森は、厳しく告げた。

「煩《うる》せえ。おしんは裏切ったんだ。裏切り者は何処迄も追って殺すのが掟《おきて》だ」

鹿蔵は、顔を醜く歪めて怒鳴った。

叩き斬って禍根を断つ……。

大森の脳裏には、久蔵の言葉が木霊《こだま》のように響いた。

斬る……。

大森は、その一念で鹿蔵に迫った。

刹那、激痛が背中を貫いた。

潜んでいた手下が、大森の背中に匕首を叩き込んだのだ。

「死ね、爺い……」

手下は、大森の背中に突き刺した匕首を抉《えぐ》った。

「お、おのれ……」

大森は、油断した己を恥じながら背後の手下に刀を突き刺した。

手下は仰け反った。

大森と手下は、縺《もつ》れ合うように崩れた。

鹿蔵は、裏口から逃げようとした。しかし、激しく突き飛ばされ、畳に叩き付けられた。

久蔵が、裏口から現れた。

幸吉と雲海坊は、倒れている大森に駆け寄った。

「手前……」

鹿蔵は、長脇差を小刻みに震わせた。

「南町奉行所の秋山久蔵だ」

「か、剃刀《かみそり》……」

鹿蔵は、嗄《か》れた声を引き攣らせた。

「行徳の鹿蔵、江戸で嘗《な》めた真似はさせねえ」

久蔵は、鹿蔵の長脇差を無造作に叩き落とし、鋭く殴り飛ばした。

鹿蔵は、弾き飛ばされて壁に激突して崩れ落ちた。

壁が崩れ、家が揺れた。

大森は、幸吉と雲海坊に助け起されていた。

「秋山さま……」

大森は引き攣った笑みを浮かべ、久蔵に淋しげな眼差しを向けた。

幸吉と雲海坊は、大森を両脇から支えながら首を横に振った。

大森の顔には、死相が浮かんでいた。

「大森、禍根を断つんだな」

「忝ない……」

久蔵は、倒れていた鹿蔵を引き摺り起して大森に突き飛ばした。

鹿蔵は、逃げようと必死に身を捩《よじ》った。

刹那、大森は握り締めていた刀を下段から鋭く斬り上げた。

鹿蔵は、大きく仰け反って斃《たお》れた。

大森は、その場に座り込んだ。

「見事な直心影流だったぜ」

久蔵は、座り込んだ大森を誉めた。

「秋山さま……」

大森は、久蔵に項垂《うなだ》れるように頭を下げた。

「大森、おしんはお前の子かい……」

「いいえ……」

大森は、死相の広がる顔に笑みを浮かべた。

「違う……」

久蔵は戸惑った。

大森は頷いた。

「じゃあ何故、此処迄……」

久蔵は困惑した。

「私は、私は裏切り者ですから……」

大森は、必死に笑顔を作った。

「裏切り者……」

久蔵は眉をひそめた。

「秋山さま、お気遣い忝のうございました」

大森は、久蔵に礼を述べて項垂れるように息を引き取った。

「大森……」

死は、大森に穏やかさと温厚さを取り戻させていた。

久蔵は、大森左兵衛の遺体に手を合わせた。


和馬、弥平次、勇次、そして幸吉と雲海坊は、残った浪人と手下を容赦なく叩きのめしてお縄にした。

盗賊・行徳の鹿蔵一味の清七を殺したのは、居酒屋『鶴の家』の主の留造だった。

留造は、由松に伴われて南町奉行所に出頭した。

久蔵は、留造を取調べた。

留造は盗人であり、孫娘のおしんを行徳の鹿蔵一味にし、手引役を務めさせていた。だが、おしんは嫌がり、一味から逃れた。

鹿蔵は、手下の清七に追わせた。

清七は、留造の営む居酒屋『鶴の家』を始め、おしんと拘わりのある処を探した。だが、おしんは容易に見つからなかった。そして、清七は『鶴の家』でおしんを見つけ、留造に刺し殺された。

留造は、おしんを猪牙舟に乗せて逃げた。

「留造。何故、おしんを大森左兵衛の組屋敷に連れて行ったんだい」

久蔵は、留造に尋ねた。

「おしんの母親のおせい、あっしの娘ですが、その昔、大森さまの思われ者でしてね。それで、おせいの娘を助けてやってくれと……」

留造は鼻水をすすった。

「頼んだのか……」

「はい。そうしたら、大森さまはお引き受け下さいました」

「おしんは、大森の子供ではないのだな」

「はい。おせいが、大森さまと別れた後に所帯を持った男との子供です」

「そうか……」

大森が、おしんの為に命を懸けた理由は分らないままだった。

久蔵は、行徳の鹿蔵一味の盗賊たちを死罪に処し、留造とおしんに重追放の仕置をして一件を落着させた。

南町奉行所例繰方同心の大森左兵衛は、盗賊・行徳の鹿蔵を見つけて捕らえようとした。だが、鹿蔵は激しく刃向かった。大森はやむなく斬り合い、鹿蔵を斬り棄てて己も斃れた。

久蔵は、町奉行荒尾《あらお》但馬守《たじまのかみ》にそう届け、親類の子を以て大森家の家督相続を認めるように進言した。だが、荒尾は久蔵の進言を無視し、大森家を取り潰した。

久蔵は、下男の竹吉に大森左兵衛がどうしておしんの為に命を懸けたのか尋ねた。

「秋山さま、それだけは……」

竹吉は、頑《かたく》なに口を閉ざした。

「竹吉。大森左兵衛は、自分は裏切り者だと云い残した……」

「旦那さまが……」

竹吉は狼狽《ろうばい》した。

「ああ。だが、俺にはどうしてもそうは思えなくてな。竹吉、大森は誰を裏切ったと云うのだ。教えてくれ」

竹吉は、吐息を洩《も》らして覚悟を決めた。

「秋山さま、旦那さまは若い頃、大森家をお継ぎになられる前、おせいと云う茶店娘と懇《ねんご》ろになり、行く末を固く約束されました。ですが、大森家の家督をお継ぎになり、亡くなられた奥さまとの縁談が持ち上がった時、おせいを棄てたのでございます」

「棄てた……」

久蔵は、大森左兵衛の隠された顔を見た思いだった。

「はい。その後、おせいは身を持ち崩したと風の便りに……」

「そのおせいが、おしんの母親か……」

「はい。旦那さまは、おせいが身を持ち崩したのは御自分の所為《せい》だと。御自分が裏切ったからだと……」

竹吉は涙を零した。

「だから、おせいを裏切った償いに、その娘のおしんの為に命を懸けたか……」

「左様にございます」

竹吉は、哀しげに頷いた。

裏切り……。

大森左兵衛は、若い頃に女を裏切った。しかし、その裏切りは死を以て償われた。

裏切り者は、哀しい律儀者でもあった。

秘密や悔やむ事のない者なんぞ、滅多にいやしねえ……。

久蔵は嘯《うそぶ》いた。

冬の冷たい風が吹き抜け、久蔵の鬢の解れ髪を揺らした。

第二話

性悪女

一

如月《きさらぎ》——二月。

梅見の季節となり、稲荷社の祭りの初午がある。

斬り合いは不意に起こった。

昌平橋《しょうへいばし》を行き交っていた人々は、悲鳴をあげて左右の袂に散った。

橋の上には、二人の若い武士が刀を構えて対峙していた。

二人の若い武士は、満面に憎しみと恐怖を交錯させ、悲鳴のような気合いをあげて刀を激しく震わせていた。

「手を引け、吉之助《きちのすけ》。おみよはお前が乱暴な真似をすると嫌っているんだ」

「黙れ、真一郎《しんいちろう》。お前こそ、断っても断ってもしつこく言い寄ってくると、おみよは泣いていたぞ」

吉之助、真一郎と呼び合った二人の若い武士は、喉を引き攣らせて互いに罵り合った。そして、吉之助が腰を引いたまま刀を振り下ろした。真一郎は慌てて後退りをした。次の瞬間、真一郎は躓《つまず》いて無様に倒れ、己の刀で頬を僅かに斬り裂いた。

　血が飛んだ。

　真一郎は、己の赤い血を見て半狂乱になった。そして、刀を闇雲に振り廻して吉之助に突進した。

　吉之助は腰を引き、悲鳴のような叫び声をあげて刀を何度も振り下ろした。

　二人は幾つもの浅手を負い、全身を血に塗《まみ》れさせて縺れ合った。

　真一郎と吉之助は、血と泥で汚れた顔で半泣きで斬り合った。それは、武士のものとは思えない無様な斬り合いだった。


　南町奉行所吟味方与力秋山久蔵は苦笑した。

「それで、二人はどうなったんだ」

「はい。阿部《あべ》吉之助は五体の傷から血が流れ過ぎて死に、麻生《あそう》真一郎は左腕を失いながらも辛うじて命を取り留めたそうです」

　定町廻り同心の神崎和馬は、呆れたように告げた。

「二人は旗本の倅《せがれ》だったな」

「はい。阿部吉之助の家は三百石、麻生真一郎の方は四百石取りの旗本です」

「旗本の伜が、昼日中町の中で斬り合うとは呆れたもんだぜ」

「はい。それもかなり無様な斬り合いだったそうでして、世間の笑い物になっています」

「だろうな……」

久蔵は嘲笑った。

「両家共、只じゃあ済まないでしょうね」

和馬は眉をひそめた。

「ああ。評定所から厳しいお咎《とが》めがあるだろうな」

直参《じきさん》旗本は目付の支配下にあり、町奉行所の管轄外だった。

「仕方がありませんか……」

「ま、馬鹿な伜を持ったと諦めるしかねえだろうな」

久蔵は突き放した。

「はあ……」

「処で和馬。どうして二人は斬り合ったんだ」

「そいつが、女を取り合っての事だとか……」

「女……」

久蔵は驚き、思わず聞き返した。

旗本の倅が、女を巡って家を窮地に陥れようとは思いもよらぬ事だ。

「ええ。阿部吉之助と麻生真一郎、随分と貢《みつ》いだようですよ、その女に……」

和馬は嘲笑った。

「その女、何処のなんて女だ」

久蔵は、阿部吉之助と麻生真一郎に斬り合いをさせた女に興味を持った。


浜町堀には櫓の軋みが長閑《のどか》に響いていた。

おみよの住む仕舞屋《しもたや》は、元浜町と通油町《とおりあぶらちょう》の間にある朝日稲荷の裏にあった。

久蔵は、弥平次と共に朝日稲荷の境内から仕舞屋を眺めた。

仕舞屋からは三味線の爪弾《つまび》きが洩れていた。

「おみよか……」

「ええ。あの家は呉服屋の隠居が、おみよを妾《めかけ》として囲った時に買った物だそうですよ」

弥平次は、自身番に詰めていた家主に聞いた話を告げた。

「そして、呉服屋の隠居が死に、今じゃあおみよの物か……」

「左様で……」

弥平次は頷いた。

「滅多にねえ話だな……」

旦那が死ねば、妾は僅かな金を与えられて放り出されるのが普通だ。

「かなりの遣り手のようですね、おみよ……」

弥平次は苦笑した。

「ああ……」

久蔵は、仕舞屋を眺めた。

仕舞屋からは三味線の爪弾きが洩れていた。

縁起棚には燈明《とうみよう》が灯され、長火鉢に掛けられた鉄瓶からは湯気が立ち昇っていた。

おみよは、三味線を爪弾く手を止め、石原采女《いしはらうねめ》に撓垂《しなだ》れ掛かって酒を注いだ。

石原は、おみよの肩を抱き寄せて酌を受けた。

「石原さま、それで阿部吉之助と麻生真一郎、どうなったんですか……」

「阿部は死に、麻生は左腕を失ったそうだ」

石原は嘲笑した。

「まあ、お気の毒に……」

おみよは、口元に浮かぶ笑みを袖で隠した。

「二人を憐れむのか……」

「そりゃあ幾らいけ好かない奴らでも、満更拘わりがなかった訳でもないし
……」

おみよは、哀しげな眼をして吐息を洩らした。濡れた大きな眼だった。

「おみよ、優しい女だな」

石原は、おみよを抱き竦《すく》めて豊満な胸元を探った。

「石原さま……」

おみよは、甘い声をあげた。


久蔵と弥平次は、仕舞屋を見通せる蕎麦屋で酒を飲んでいた。

「秋山さま……」

弥平次は、徳利の酒を久蔵の猪口《ちょこ》に注ぎながら、僅かに開けた窓の障子を示し

た。

「うむ……」

久蔵は猪口の酒をすすり、僅かに開けられた窓の障子の隙間から仕舞屋を見た。

中年武士の石原采女が、婆やに見送られて仕舞屋から出て来たのだ。そして、
浜町堀の堀端を北に向かった。

「おみよの男ですかね……」

弥平次は眉をひそめた。

「ああ。手広くやっているようだな」

久蔵は苦笑した。

「男出入りの絶えない女ですか」

「きっとな……」

「何処の誰か、追ってみますか……」

弥平次は、堀端を去って行く中年の武士を示した。

「ああ。済まねえが、そうしてくれ」

「では……」

弥平次は、久蔵に一礼して石原采女を追って行った。

久蔵は、おみよの仕舞屋を窺いながら手酌で酒を飲んだ。
僅かな時が過ぎた。
仕舞屋の木戸が開き、むっちりとした身体の若い女が出て来た。
おみよ……。
久蔵は見定めた。
「亭主、勘定だ」
久蔵は、蕎麦屋の亭主に勘定を払い、塗笠を被っておみよを追った。
おみよは、浜町堀に架かる汐見橋《しおみばし》を渡って両国広小路に向かった。
両国広小路に出て両国橋を渡ると本所であり、神田川を越えて進めば浅草になる。
おみよは足早に進んだ。
何処に何をしに行くのだ……。
久蔵は、おみよを尾行した。
石原采女は、神田川に架かる和泉橋を渡り、御徒町《おかちまち》に進んだ。

弥平次は尾行した。

錫杖《しやくじよう》の鐶《かん》の音が背後で響いた。

雲海坊……。

弥平次は、それとなく背後を窺った。

托鉢坊主の雲海坊が、背後から弥平次に並んだ。

「親分……」

「おう……」

「あの侍ですか……」

雲海坊は、弥平次が中年武士を尾行ているのに気付いていた。

「ああ。何処の誰かだ……」

「承知……」

雲海坊は、弥平次を追い抜いて石原采女を尾行した。

弥平次は、歩調を緩めて雲海坊の墨染めの衣を追った。

両国広小路は賑わっていた。

おみよは、雑踏を横切って神田川に架かる浅草御門を潜り、蔵前の通りに進んだ。

蔵前の通りは、浅草御門から金龍山浅草寺《せんそうじ》を結んでいる。

おみよは、蔵前の通りを進んだ。

久蔵は追った。


御徒町には、旗本御家人たちの組屋敷が連なっていた。

中年の武士は、御徒町を進んで大名屋敷の斜向《はすむ》かいの組屋敷に入った。

雲海坊は見届けた。

弥平次が、背後からやって来て並んだ。

「あの大名屋敷は、確か伊予国《いよのくに》は大洲藩《おおずはん》の江戸上屋敷だったな」

「はい……」

雲海坊は頷いた。

「その斜向かいの組屋敷か……」

弥平次は、辺りを見廻した。

通りの一方に行商の小間物屋の姿が見えた。

「雲海坊、ちょいと聞いてきな」

「はい……」

雲海坊は、小間物屋に駆け寄った。

弥平次は、中年の武士の入った組屋敷を見張った。

雲海坊が戻って来た。

「分ったかい」

「はい。御家人の石原采女さまの屋敷だそうですよ」

雲海坊は告げた。

「石原采女さまか……」

「親分、石原さま、どうしたんですかい」

「うん。昌平橋での斬り合いの元になった女がいるだろう……」

「おみよですか……」

雲海坊たちは、昌平橋の一件の噂話を肴《さかな》に酒を飲んだりし、詳しく知っていた。

「うむ……」

弥平次は頷き、久蔵と元浜町のおみよの家に行っての顚末《てんまつ》を教えた。

「秋山さまが……」

雲海坊は、久蔵が興味を持ったのに微かに戸惑った。

「うむ。雲海坊、石原采女さまの身辺、ちょいと探ってみな」

弥平次は命じた。

「承知しました」


浅草広小路は、金龍山浅草寺の参拝客や遊びに来た客が行き交っていた。

おみよは、浅草広小路を抜けて花川戸町《はなかわどちよう》の通りに入った。

久蔵は尾行た。

花川戸町は、吾妻橋《あづまばし》の西詰から隅田川沿いを北に続いていた。

おみよは、花川戸町を進んで料理屋の暖簾《のれん》を潜った。

久蔵は見届けた。

料理屋には『江戸善《えどぜん》』の看板が掲げられていた。

料理屋『江戸善』から、下足番の老爺が出て来て表の掃除を始めた。

久蔵は、下男の老爺に近付いた。

「父っつぁん、今入った女、誰かと待ち合わせかい……」

久蔵は、下足番の老爺に尋ねた。

下足番の老爺は戸惑った。

久蔵は、下足番の老爺に素早く小粒を握らせた。

「へ、へい。男の方と……」

下足番の老爺は、小粒を握り締めた。

「男……」

おみよは、男に逢いに料理屋『江戸善』に来たのだ。

「へい」

「どんな男だ」

「どんなって、大店《おおだな》の番頭さんだと聞いておりますが……」

大店の番頭……。

「その番頭と女、懇ろの間柄なのかい」

「そりゃあもう……」

下足番の老爺は、歯の抜けた口元を歪めて笑った。

おみよは、中年の武士と大店の番頭の二人と付き合っている。

二股《ふたまた》か……。

妾稼業の女の中には、数人の旦那を常に持っている者もいる。

久蔵は、何故か焦臭《きなくさ》さを感じた。

隅田川からの風が冷たく吹き抜けた。

神田三河町《みかわちよう》の米問屋『大黒屋《だいこくや》』の二番番頭の彦兵衛《ひこべえ》は、おみよの酌で酒を飲んだ。

「それで彦兵衛さん、石原采女さまはどうしても別れたければ、今迄に渡したお金を返せと云うんですよ」

おみよは、哀しげに告げた。

「今迄に渡した金を……」

彦兵衛は眉をひそめた。

「ええ。私、そんなお金はないし、このままじゃあ、石原さまと別れられない……」

おみよは、哀しげに俯いて涙を零した。

「おみよ、石原さまから今迄に渡されたお金は幾らなんだ」

「五十両程になります」

「五十両か……」

「はい……」

おみよは、涙で濡れた眼で彦兵衛を見つめた。

柳橋は神田川が大川に流れ込む処に架かっており、その北詰に船宿『笹舟』はあった。

船宿『笹舟』の土間の大囲炉裏には炭が赤く熾きており、船頭の親方の伝八が熱い茶をすすっていた。

「邪魔をするぜ」

久蔵が入って来た。

「こりゃあ秋山さま……」

伝八は、大囲炉裏を囲んでいる腰掛けから立ち上がり、久蔵に挨拶をした。

「おう。伝八の親方、親分は戻っているかな」

「へい。先程、お戻りになりました。お糸《いと》ちゃん……」

伝八は、久蔵に答えてお糸を呼んだ。

「何ですか、親方……」

居間からお糸が出て来た。

お糸は、弥平次とおまき夫婦の養女であり、船宿『笹舟』の若女将《わかおかみ》を務めていた。

「あっ、旦那さま……」

お糸は、大助が生まれる時に秋山家に手伝い奉公にあがっており、その時の呼び名で久蔵を迎えた。

「お糸、変わりはないようだな」

「お陰さまで。奥さまや大助さまも……」

「ああ。与平やお福も相変わらず達者にしているぜ」

「それは何よりでございます。さあ、どうぞ、お上がりください」

「うむ。じゃあな伝八……」

久蔵は、お糸に誘われて奥に向かった。

「どうぞ……」

女将のおまきは、久蔵の猪口に酒を満たした。

「忙しい処、済まないな」

「いいえ。今は時季外れですし、帳場はお糸に任せてありますので……」

おまきは微笑《ほほえ》んだ。

「秋山さま、おまきも漸く楽が出来るようになりました」

弥平次は、嬉しげな笑みを浮かべた。

「そいつは良かったな」

「お陰さまで。じゃあお前さん、御用の時は呼んでくださいな。秋山さまごゆるりと……」

「うむ……」

おまきは、座敷を出て行った。

久蔵と弥平次は酒を飲んだ。

「中年武士は御徒町の組屋敷に住む石原采女さまにございました」

弥平次は、久蔵に酒を酌した。

「旗本の石原采女……」

久蔵は、厳しさを滲ませた。

「はい。百五十石取りの小普請《こぶしん》組だそうでして、奥さまとお子が二人、それに御母堂さまの五人家族です」

「女房子供にお袋さんもいるってのに、妾遊びか……」

久蔵は、眉をひそめて酒を飲んだ。

「ま、そいつだけでも、人柄は分るってものですが、雲海坊が詳しく探っています」

「そうか……」

「で、秋山さまは……」

「そいつなんだが、あれからおみよが出掛けてな」

「出掛けた……」

「ああ。行き先は花川戸の江戸善って料理屋だったぜ」

「料理屋……」

「うむ……」

「まさか……」

弥平次は眉をひそめた。

「ああ。そのまさかだぜ」

久蔵は苦笑し、手酌で酒を飲んだ。

「相手、どんな男ですか……」

「そいつが、大店の番頭だそうだ」

「旗本に大店の番頭ですか……」

弥平次は呆れた。

「自分の所為で旗本の倅が斬り合い、死人が出たばかりだって云うのに、呆れたもんだぜ」

久蔵は苦笑した。

「まったくで……」

弥平次は、言葉を失ったように手酌で酒をすすった。

久蔵も酒を飲んだ。

「親分、男は石原と番頭の他にもいるかもしれねえぜ」

久蔵は睨んだ。

「他にもですか……」

弥平次は困惑した。

「ああ。妾稼業のおみよ、俺たちの思っている以上に強《したた》かな女だぜ」

「強かな女ですか……」

「ああ。これから何が起こるか、焦臭せえ匂いがぷんぷんしゃがる……」

久蔵は酒を飲んだ。

二

弥平次は、久蔵の意を受けて幸吉たちにおみよの身辺を洗わせた。

幸吉としゃぼん玉売りの由松は、元浜町朝日稲荷裏の仕舞屋に張り付いておみよの動きを見守った。

おみよは、旗本の石原采女と一の付く日、大店の番頭とは五の付く日に逢っていた。だが、時には同じ日に逢ったりもしていた。幸吉と由松の見た処、それは金を無心する時のようだった。番頭は名を彦兵衛と云い、神田三河町の米問屋『大黒屋』の二番番頭だった。そして、おみよは、石原と彦兵衛の他に山本又四郎《やまもとまたしろう》と云う若い浪人とも密かに情を通じていた。

「忙しい女ですね」

由松は呆れた。

「まったくだ」

幸吉は苦笑した。

「二股処か三股となりゃあ、斬り合った旗本の若さまたちは間抜けもいい処だ」

「所詮、世間知らずの女知らず。海千山千のおみよに敵うはずはないさ」

「良いように手玉に取られましたか……」

「そんな処だな」

幸吉と由松は、朝日稲荷と蕎麦屋から見張り続けた。


石原采女は、公儀の役目に就いていない小普請組だった。

小普請組の者は、公儀の小普請の人足として働くが、殆《ほとん》ど暇を持て余していた。

石原は、毎日をする事もなく過ごし、酒や博奕《ばくち》に現《うつつ》を抜かしていた。

「御先祖さまが命懸けで稼いだ扶持米があるのを良い事に、気楽なもんだぜ……」

雲海坊は、大した働きもせず、気儘《きまま》に暮らしている石原を腹の中で罵った。


数日が過ぎた。

柳橋の弥平次が、南町奉行所にいる久蔵の許に沈痛な面持ちでやって来た。

「どうかしたのか……」

久蔵は、弥平次の顔色を読んだ。

「はい。先程、神田三河町の米問屋大黒屋の一番番頭の友蔵《ともぞう》さんが、笹舟に参りましてね」

「三河町の大黒屋……」

久蔵は、微かな戸惑いを感じた。

おみよを囲っている者の一人の彦兵衛は、三河町の米問屋『大黒屋』の二番番頭だった。

「はい……」

弥平次は頷いた。

「で、その一番番頭の友蔵が何しに行ったんだい」

「そいつなのですが、近頃、店の金が僅かずつなくなっているそうでして……」

「店の金が……」

久蔵は眉をひそめた。

「はい。それで旦那の吉右衛門《きちえもん》さんと密かに調べた処、二番番頭の彦兵衛がくすねているのではないかと……」

弥平次は、厳しさを過ぎらせた。

「彦兵衛、店の金を横領しているのか……」

「ではないかと……」

弥平次は、沈痛な面持ちで頷いた。

「ですが、確かな証拠もなく。吉右衛門旦那は、騒ぎ立てるのも何だからと……」

「一番番頭の友蔵を笹舟に寄越したのか……」

「はい。若い彦兵衛の行く末を心配し、出来るだけ静かに探ってみてはくれないかと……」

「成る程。そいつは良い思案だ……」

久蔵は、米問屋大黒屋吉右衛門の判断を良しとした。

「はい……」

下手に騒ぎ立てれば、彦兵衛は勿論、主の吉右衛門と『大黒屋』にも累が及ぶかもしれない。

「それで親分、彦兵衛の家族は……」

「神田連雀町《れんじやくちょう》にある大黒屋の持ち家でお袋さんと二人暮らしです」

「お袋さんとな……」

「はい。吉右衛門旦那と友蔵さん、彦兵衛をそりゃあもう心配しております」

「そのようだな……」

久蔵は頷いた。

「秋山さま、彦兵衛が本当に店の金を懐に入れているとしたら、そいつは……」

「おみよが絡んでいるか……」

久蔵は、弥平次の睨みを読んだ。

「はい、違いますかね」

「いや。親分の睨み通りだろうな」

久蔵は、小さな笑みを浮かべた。

「やはり……」

「うむ。大黒屋の吉右衛門と友蔵は、彦兵衛がおみよを囲っているのを知らないのだな」

「はい。あっしの見る限りじゃあ知りませんね……」

「そうか。で、親分、彦兵衛に見張りは付けたのか……」

「はい。幸吉と勇次を……」

「そうか……」

久蔵は頷いた。

不意に焦臭さが蘇った。

おみよ……。

久蔵は、不吉な予感を覚えた。

このまま、彦兵衛に横領を続けさせて罪を重ねさせる訳にはいかない。

おみよの本性を教え、彦兵衛の眼を覚まさせるのが良策なのだ。

久蔵は決意した。


鎌倉河岸《かまくらがし》は荷揚げ荷下ろしも終わり、人が忙しく行き交っているだけだった。

米問屋『大黒屋』は、鎌倉河岸に面した三河町一丁目にあった。

『大黒屋』の二番番頭の彦兵衛は、荷船で運んで来た米俵を蔵に納め終わり、米の小売屋に配達する手配に忙しく働いていた。

勇次は、物陰から米問屋『大黒屋』を見張った。

「どうだ……」

幸吉が、聞き込みから戻って来た。

「今の処、彦兵衛に出掛ける様子はありませんね」

勇次は告げた。

「兄貴の方はどうでした」

「うん。それとなく聞き込んだのだが、彦兵衛、実直な働き者だと専《もっぱ》らの評判だぜ」

「本当ですか……」

勇次は首を捻った。

「ああ。誰に聞いても答えは同じだ」

「ですが、そんな真面目な働き者が店の金をくすねたりしますかね」

勇次は疑った。

「勇次、真面目過ぎるからって事もあるぜ」

幸吉は苦笑した。

「そんなもんですかね……」

幸吉と勇次は、米問屋『大黒屋』の見張りを続けた。

御徒町の組屋敷街には、物売りの声が長閑に響いていた。

石原采女は、組屋敷を出て神田川に向かった。

何処に行く……。

雲海坊は尾行を始めた。

石原の足取りに迷いはなかった。

今日は二十一日であり、石原がおみよの許に行く一の付く日だった。

石原は、御徒町を抜けて神田川に架かる和泉橋を渡り、元浜町に向かった。

おみよの家に行く……。

雲海坊は、石原の行き先を読んだ。


「毎度ありい……」

棒手振《ぼてふ》りの魚屋が、おみよの家の木戸から出て来た。

由松は、魚屋に駆け寄った。

「どうだった」

「烏賊《いか》を刺身にしてきましたぜ……」

「烏賊……」

「ええ。一の付く日はいつも烏賊の刺身。やって来る旦那、烏賊好きなんですよ」

魚屋は笑った。

「烏賊好きねえ……」

一の付く日に来る石原采女は、烏賊の刺身が好きなのだ。

おみよは、石原の来る日には必ず烏賊の刺身を用意した。

旦那の好きな食べ物を用意して待つ……。

それは、囲われ妾の〝いろはのい〟の一つと云える。

おみよに抜かりはない……。

由松は苦笑した。

僅かな時が過ぎた。

石原采女が、浜町堀の堀端からやって来た。

由松は、朝日稲荷の陰から見守った。

石原は、おみよの家の木戸を潜った。

見送った由松の傍らに、石原を追って来た雲海坊が並んだ。

「雲海坊の兄貴……」

由松は、雲海坊が石原を尾行て来たのに気付いた。

「おみよに変わった事はねえのか……」

「ええ。今、石原の野郎が来たぐらいで……」

「そうか。幸吉っつぁんは……」

雲海坊は、辺りを見廻した。

「大黒屋の番頭の彦兵衛が店の金をくすねているって疑いが出て来ましてね」

「彦兵衛が店の金を……」

雲海坊は眉をひそめた。

「ええ。それで幸吉の兄貴は、彦兵衛の方に行きました」

「由松。そいつも、おみよに拘わりがあるのかな」

「秋山さまや親分は、そう見ているそうですぜ」

「やっぱりな……」

雲海坊は、おみよの家を見つめた。

朝日稲荷の赤い幟旗《のぼりばた》が微風に揺れた。


猪口に満たされた酒は、湯気を仄かに漂わせた。

石原は、猪口の酒を飲み、烏賊の刺身を食べた。

「美味《うま》いな……」

「そりゃあようございました」

おみよは、艶然《えんぜん》と微笑んで石原に酌をした。

「おう、そうだ……」

石原は、懐から小さな紙包みを出し、おみよに渡した。

「今月分だ」

小さな紙包みは金であり、月の手当てだった。

「ありがとうございます」

おみよは、小さな紙包みを押し戴いて礼を述べた。

「うむ……」

石原は酒を飲んだ。

「で、おみよ、彦兵衛はどうした」

「えっ……」

「大黒屋の彦兵衛だ」

「相変わらずです」

おみよは、哀しげに俯いた。

「死んだお父っつぁんに貸した金の分だけ妾にするとは、あくどい奴だな。彦兵衛も……」

石原は、眉間に険しい皺を寄せた。

「でも、お父っつぁんがお金を借りたのに間違いありませんから……」

おみよは、浮かぶ涙を袂で拭い、石原の空になった猪口に酒を満たした。

「おのれ……」

石原は、怒りを滲ませて猪口の酒を飲み干した。

「石原さま、お酒、私も戴きます」

おみよは猪口を差し出し、涙の痕《あと》を残して微笑んだ。


米問屋『大黒屋』は、奉公人や人足たちが忙しく働いていた。

彦兵衛と手代が出て来た。

「じゃあ、私は掛取りに行って来るから、小網町《こあみちょう》の松屋さんに出来るだけ早く米を納めるんだよ」

「承知しました」

彦兵衛は、手代に命じて掛取りに出掛けた。

幸吉と勇次は、後を尾行ようとした。

「幸吉、勇次……」

着流し姿の久蔵が、塗笠を目深に被って現れた。

「こりゃあ秋山さま……」

幸吉と勇次は、慌てて挨拶をした。

「彦兵衛にちょいと話があってな。後から来てくれ」

「承知しました」

幸吉と勇次は頷いた。

「済まねえな」

久蔵は、塗笠をあげて笑い、彦兵衛を追った。

「幸吉の兄貴……」

「うん」

幸吉と勇次は、充分な距離を取って久蔵の後に続いた。


日本橋の通りは、行き交う人で賑わっていた。

彦兵衛は、日本橋の通りを南に進んで日本橋を渡り、京橋に向かった。

久蔵は追った。

彦兵衛は、京橋を過ぎて新両替町一丁目の辻を三十間堀に曲がった。

三十間堀を渡ると木挽町《こびきちょう》だ。

彦兵衛は、三十間堀に架かる紀伊国橋《きのくにばし》を渡り、木挽町一丁目にある米屋に入った。

掛取りか……。

久蔵は、彦兵衛の出て来るのを待った。

彦兵衛は、掛取りを終えて四半刻《しはんとき》も経たぬ内に米屋から出て来た。そして、紀伊国橋の袂に佇む久蔵の前を会釈をして通った。

「彦兵衛……」

久蔵は呼び掛けた。

彦兵衛は、驚いたように足を止めた。

久蔵は、目深に被った塗笠を僅かに上げて己の顔を見せた。

彦兵衛は、怯えを滲ませて久蔵を見つめた。

「おみよと一刻も早く手を切るんだな」

久蔵は囁いた。

彦兵衛は、白刃で腹を貫かれたような顔をした。

「さもなければ陸《ろく》な事にならねえ」

彦兵衛は、呆然と立ち尽くした。

「いいな。お袋を泣かせたくなかったら、早々におみよと手を切れ」

久蔵は、彦兵衛を見据えて厳しく告げた。

「お侍さま……」

彦兵衛は震えた。

「今なら土壇場から引き返せる。良いな」

土壇場とは、小伝馬町《こでんまちよう》牢屋敷の北東にある打ち首場の罪人が座らせられる場所だ。

「は、はい……」

彦兵衛は思わず頷いた。

「必ずな……」

久蔵は、云い残して紀伊国橋を渡って新両替町に立ち去った。

彦兵衛は崩れそうになり、思わず紀伊国橋の欄干《らんかん》にしがみついた。

「邪魔したな。後は頼んだぜ」

久蔵は、物陰で見守っていた幸吉と勇次に云い残して通り過ぎて行った。

幸吉と勇次は、紀伊国橋の欄干にしがみついている彦兵衛を見守った。
彦兵衛は、激しい衝撃を受けたのか、欄干に手をついて肩を震わせていた。

誰なんだ……。
彦兵衛は混乱した。
塗笠の武士は、おみよの事は勿論、店の金を横領しているのを知っているのだ。
何故だ……。
混乱は続き、彦兵衛の五体は痙攣《けいれん》するように激しく震えた。
彦兵衛は、欄干に摑まって倒れそうになる己の身体を必死に支えた。

翌日、おみよは元浜町の家を出て、浅草花川戸に進んだ。
由松は追った。
おみよは、花川戸の料理屋『江戸善』の暖簾を潜った。
由松は見届けた。
「由松の兄貴……」
勇次が、背後に現れた。

「おう。勇次か……」

「幸吉の兄貴も……」

勇次は、料理屋『江戸善』の斜向かいにある一膳飯屋を示した。

「幸吉の兄いと勇次がいるって事は、江戸善に彦兵衛が来ているのかい」

「ええ……」

勇次は頷き、由松を一膳飯屋に誘った。


彦兵衛は、おみよに袱紗《ふくさ》包みを差し出した。

「これは……」

おみよは、形の良い眉をひそめた。

「二十両ある。おみよ、五十両に程遠いのは分っているが、私が今迄に貯えて来た金だ。これで勘弁しておくれ」

彦兵衛は、おみよに頭を下げた。

「彦兵衛さま……」

おみよは戸惑った。

「それから、いろいろ世話になったが、もうこれっ切りだよ」

彦兵衛は、嗄れた声を引き攣らせた。

「ひ、彦兵衛さま……」

おみよの戸惑いは、驚きに変わった。

「済まない。この通りだ」

彦兵衛は、深々と頭を下げて詫びた。

「そんな……」

おみよは、彦兵衛が別れると云っているのに気付き、狼狽《うろた》えた。

「じゃあ……」

彦兵衛は、狼狽えているおみよを残して座敷を出て行った。

「彦兵衛さま……」

おみよは、追い掛けようとした。だが、置かれたままの二十両の袱紗包みに気付き、慌てて取りに戻った。

彦兵衛が出て来た。

「幸吉の兄貴……」

一膳飯屋の窓から『江戸善』を見ていた勇次は、四半刻も経たずに出て来た彦兵衛に戸惑った。

「どうした」

幸吉は眉をひそめた。

「彦兵衛が帰ります」

勇次は、足早に立ち去って行く彦兵衛を示した。

「よし。追うぜ。じゃあな由松……」

「はい……」

幸吉と勇次は、由松を残して一膳飯屋を出て行った。

おみよはどうした……。

由松は、おみよの出て来るのを待った。


どうして……。

おみよは、彦兵衛の不意の別れが理解出来ず苛立った。苛立ちは、次第に怒りに変わっていった。

このままでは済ませない……。

おみよは、仲居に硯《すずり》と筆を持って来るように頼んで手紙を書いた。そして、

『江戸善』の仲居に金を握らせ、石原采女に届けるように頼んだ。

三

彦兵衛は、おみよと手を切った。

久蔵は、幸吉の報せを受けてそう睨んだ。

これで良い……。

久蔵は、微かな安堵を覚えた。

だが、おみよは大人しく納得するのか……。

久蔵は、おみよの出方が気になった。

焦臭さは残った。


米問屋『大黒屋』の一番番頭の友蔵は、弥平次を訪れ、店の金がいつの間にか戻されているのを告げた。

それは、彦兵衛が立ち直った証だった。

「そりゃあ良かった」

弥平次は微笑んだ。

久蔵が自ら逸早く動いたのが、曲がった道に進み始めた彦兵衛を連れ戻したのだ。

「お陰さまで、彦兵衛もいつも以上に働いておりまして、主の吉右衛門も親分さんのお陰だと喜んでおります」

「いいえ。彦兵衛さんを立ち直らせたのは、南の御番所の秋山久蔵さまにございますよ」

「南町奉行所の秋山さま……」

友蔵は驚き、顔色を変えた。

「ええ……」

「秋山さまと仰られますと、剃刀と渾名《あだな》されている……」

友蔵は怯えを過ぎらせた。

剃刀久蔵に知られては只では済まない……。

弥平次は、友蔵の怯えに気付いた。

「友蔵さん。剃刀ってのは、斬れ味が鋭くて傷跡を残さない事もありますよ」

弥平次は笑った。

「親分さん……」

友蔵は、弥平次の言葉の意味に気付いた。

剃刀久蔵は穏便に始末してくれる……。

「ありがたい事にございます」

友蔵は、弥平次に深々と頭を下げた。

弥平次は、彦兵衛の見張りを解いた。そして、幸吉を石原采女を見張る雲海坊と交代させ、勇次をおみよを見張る由松の許に行かせた。

石原采女は、毎日を酒と博奕で過ごしていた。

幸吉は見張った。

働きもせず扶持米を貰い、毎日を無為に過ごす。

乱世なら命懸けで闘う時に備えての事かもしれないが、泰平の世では公儀が遊ぶ金を与えているのに他ならない。

いい気なもんだ……。

幸吉は、腹立たしさを覚えずにはいられなかった。

おみよの家には、新しい男が出入りし始めた。

男は、日本橋室町の小間物屋の旦那だった。

「そんなにいい女なんですかねえ……」

勇次は呆れた。

「ああ。きっと吉原の花魁《おいらん》も顔負けの手練《てれん》手管《くだ》なんだろうぜ」

由松は苦笑した。


手焙りの炭は赤く熾き、南町奉行所の用部屋を仄かに温めていた。

「それで親分。おみよの生まれや育ち、少しは分ったかい」

久蔵は、弥平次に尋ねた。

「はい。おみよを知っている者を捜し、いろいろ訊いたのですが。おみよは松戸の生まれでして、十二歳の時に江戸の呉服屋に奉公し、十五の歳に出入りの行商人と駆け落ちしましてね。その行商人が女の稼ぎを当てにする酷い野郎で、おみよは随分と泣かされたようですよ」

「ほう、あのおみよがな……」

久蔵は、微かな戸惑いを覚えた。

「はい。その後、おみよは行商人と別れ、居酒屋の酌婦や料理屋の仲居などを転々とした挙げ句、妾を稼業にするようになったと聞きました……」

弥平次は、おみよに関して分った事を茶をすすりながら告げた。

「辛い思いをして来たって訳か……」

「はい。男たちに苦労させられたのが、おみよを強かな女にしたんでしょうね」

「今のおみよにしたのは、男と世間か……」

久蔵は眉をひそめた。

「そう開き直っているかもしれません……」

弥平次は頷いた。

「子供の時から苦労して来た気の毒で哀れな女か……」

久蔵は苦笑した。

「世間には、そう同情する者も多いでしょうね」

「だがな親分。世の中には、おみよのような苦労をした女は幾らでもいる。そうした女のみんなが、おみよのような真似をしている訳じゃあねえ。殆どの女は真面目に働き、ささやかな幸せを願って暮らしているぜ」

「仰る通りです」

弥平次は、小さな笑みを浮かべた。

「親分、おみよの身辺はまだまだ焦臭せえ。暫《しばら》く眼を離さないでくれ」

「承知しました」

弥平次は頷いた。

石原采女の組屋敷は、女房子供がいるにしては静かだった。

幸吉は見張った。

石原が屋敷から出て来た。

又、賭場か飲み屋に行くのか……。

幸吉は苦笑した。

石原は、組屋敷の前に佇んで辺りをゆっくりと見廻した。

いつもと違う……。

幸吉は、微かな戸惑いを覚えた。

石原が辺りを見廻す様子は、何処に行くのかを決める為ではなく、何かを警戒する気配だった。

石原は、辺りに不審な事がないと見定めたのか、神田川に向かって歩き出した。

幸吉は、充分に距離を取って後を追った。

女房子供たちの楽しげな笑い声が、石原の出掛けた組屋敷から聞こえた。

石原采女は家族に嫌われている……。

幸吉は、そう思いながら石原を追った。


石原采女は、神田川に架かる和泉橋に進んだ。

おみよの住む元浜町に行くのか……。

幸吉は、慎重に追った。

和泉橋を渡った石原は、神田川沿いの柳原通《やなぎわらどお》りを西の八ッ小路に向かった。それは、行き先が元浜町のおみよの処ではないと告げていた。

何処に行く……。

幸吉は困惑した。

石原は進んだ。その足取りに迷いや躊躇いはなかった。

八ッ小路に出た石原は、神田連雀町から三河町に向かった。

三河町には米問屋の『大黒屋』があり、彦兵衛が働いている。

石原は、彦兵衛の許に行く気なのか……。

幸吉は緊張した。

鎌倉河岸は冬の陽差しに鈍く輝いていた。

米問屋『大黒屋』の店先では、彦兵衛の指示で手代と人足たちが大八車に米俵を積んでいた。

人足たちは、米俵を積んだ大八車を引いて次々と配達に出掛けて行った。

彦兵衛は帳簿を確かめ、一段落着いた安堵を浮かべた。

石原采女は、雉子町《きじちょう》から三河町四丁目に入り、鎌倉河岸に向かった。

三河町は、鎌倉河岸から一丁目、二丁目、三丁目、四丁目と続いている。

石原は、足取りを変えずに進んだ。

幸吉は尾行た。

石原が、彦兵衛の許に行くのは間違いない。

逢って何をする気なのだ……。

幸吉の緊張は募った。

やがて、鎌倉河岸が見えて来た。

石原は、三河町一丁目を抜けて鎌倉河岸に出て曲がった。
幸吉は走った。
幸吉は鎌倉河岸に出て、米問屋『大黒屋』を見た。
石原は、『大黒屋』の前に向かっていた。
『大黒屋』の店先では、彦兵衛が手代たちに何事かを指示していた。
石原は進み、彦兵衛と擦れ違った。
危ない……。
幸吉の勘が告げた。
刹那、石原の怒声があがった。
「無礼者……」
石原は、振り向き態《ざま》に彦兵衛を袈裟懸けに斬り付けた。
彦兵衛は、肩から血を飛ばして仰け反った。
手代と通行人たちが悲鳴をあげた。
幸吉は、十手を握り締めて駆け寄った。
彦兵衛は、肩から胸を深々と袈裟に斬られて意識を失っていた。その顔は血の気がなくなり、死相が浮かび始めていた。

「しっかりしろ、彦兵衛さん。医者だ。医者を呼ぶんだ」

幸吉は、手代たちに叫んだ。

旦那の吉右衛門と一番番頭の友蔵が、店の奥から出て来て愕然とした。

「彦兵衛、彦兵衛を中に運びなさい」

吉右衛門は声を嗄《から》した。

手代たちが、我に返ったように彦兵衛に駆け寄った。

「どうして、どうして斬ったんですかい……」

幸吉は、石原を睨み付けた。

「下郎、武士の面体《めんてい》を見て笑ったから無礼討ちにした迄よ」

石原は、運ばれていく彦兵衛を嘲るように一瞥し、傲慢《ごうまん》に云い放った。

「無礼討ちだと……」

幸吉は、怒りを滲ませた。

「ああ。町人の分際で嘗めた真似をするからだ。俺は直参旗本石原采女。異存があるなら組頭を通じて云って来るが良い」

石原は、幸吉に嘲笑を浴びせて踵《きびす》を返した。

幸吉は、怒りと口惜しさに塗れて見送るしかなかった。

自身番の者と木戸番が駆け付けて来た。

幸吉は、木戸番を柳橋の船宿『笹舟』に走らせ、南町奉行所の久蔵の許に急いだ。


「彦兵衛が斬られた……」

久蔵は愕然とした。

「石原采女を見張っていながら、申し訳ありません」

幸吉は、久蔵に平伏して詫びた。

「後を尾行ていての事だ。それより、仔細を聞かせろ」

「はい。石原采女は、彦兵衛さんをいきなり無礼者と怒鳴って……」

幸吉は、口惜しげに告げた。

「無礼討ちにしたか……」

久蔵は眉をひそめた。

「顔を見て笑ったと。ですが、石原は御徒町の組屋敷を出て真っ直ぐ大黒屋に来ています。偶《たま》々《たま》の事じゃありません」

幸吉は、怒りを滲ませた。

「じゃあ、石原は端《はな》から彦兵衛を斬りに大黒屋に行ったってのか……」

「きっと……」

幸吉は頷いた。

「で、彦兵衛は……」

「肩から胸元に袈裟懸けの一太刀。直ぐに医者を呼びましたが、おそらくあの様子では……」

幸吉は、沈痛な面持ちで首を横に振った。

「そうか……」

久蔵は、彦兵衛を憐れんだ。

「秋山さま。石原が旗本で町奉行所の手の及ばない処にいるのは充分に承知しております。ですが、このまま放っちゃあ置けません。どうにかなりませんか……」

幸吉は久蔵に訴えた。

「安心しな幸吉。俺も放って置く気はねえ」

久蔵は、厳しさを滲ませた。

「はい……」

「処で幸吉、石原の野郎が、彦兵衛を斬った裏には、おみよが潜んでいるぜ」

「おみよが……」

幸吉は眉をひそめた。

「ああ。おみよは彦兵衛に手を引かれ、金を貢がせる目論みが崩れて恨んでいる筈だ」

久蔵は睨んだ。

「じゃあ、おみよが石原に彦兵衛を斬ってくれと……」

「かもしれねえ……」

「くそ、あの性悪女《しょうわるおんな》……」

幸吉は吐き棄てた。

「だが、強かなおみよだ。その証拠を残しちゃあいねえだろうな」

「様子を見るしかありませんか……」

「ああ。由松と勇次に眼を離すなとな……」

「はい……」

幸吉は頷いた。

「秋山さま……」

弥平次が駆け付けて来た。

「親分……」

幸吉は頭を下げ、彦兵衛殺しを止められなかった己を恥じた。

「報せを聞いて、直ぐに石原の組屋敷に走りましたが、戻った様子はありません」

「そうか……」

「で、雲海坊が今、石原の出入りしている飲み屋や賭場を当たっています」

石原を見張っていた雲海坊は、その行動と行き先を摑んでいた。

「よし。石原采女の居場所を突き止めたら直ぐに報せてくれ」

「心得ました」

弥平次は頷いた。

「それで親分、彦兵衛は……」

「息を引き取りました」

弥平次は、沈痛な面持ちで告げた。

「おのれ……」

久蔵は、怒りを過ぎらせた。

その夜、石原采女は湯島天神《ゆしまてんじん》門前町の居酒屋『升屋《ますや》』に現れた。

雲海坊は、直ぐに弥平次に報せた。

弥平次は、幸吉を久蔵の許に走らせ、居酒屋『升屋』に急いだ。

湯島天神門前町の盛り場は、冬の寒さにもめげずに賑わっていた。

居酒屋『升屋』は、盛り場の外れにあった。

弥平次は、『升屋』と大書された赤提灯が軒先に揺れている店に近付いた。

「親分……」

雲海坊が、斜向かいの路地の暗がりから呼んだ。

弥平次は、雲海坊の潜む路地の暗がりに入った。

「石原は中か……」

「はい。野郎、酒を飲んでいますぜ」

「一人か……」

「いえ。博奕仲間の二人の浪人と一緒です」

「そうか……」

「親分、秋山さまは……」

「幸吉が走った。もう直、お見えになるだろう」

「どうするつもりですかね、秋山さま……」

「さあて、事は旗本の無礼討ちだ。どう始末をするのか……」

弥平次は眉を曇らせた。

「ええ……」

弥平次と雲海坊は、居酒屋『升屋』を見張った。

酌婦の嬌声《きようせい》と酔客の笑い声が夜空に響いた。


四半刻が過ぎた。

久蔵が、幸吉に誘われて行き交う酔客たちの中を来た。

「此処か……」

久蔵は、居酒屋『升屋』を厳しい眼差しで見据えた。

「はい。雲海坊……」

弥平次は、雲海坊を促した。

「博奕仲間の二人の浪人と来ています」

雲海坊は告げた。

「よし……」

久蔵は頷き、居酒屋『升屋』の暖簾を潜った。


「いらっしゃい……」

『升屋』の亭主が久蔵を迎えた。

「うむ……」

久蔵は、店内にいる客を見廻した。

職人、人足、遊び人……。

そして、石原采女が二人の浪人と楽しげに酒を飲んでいた。

久蔵は、石原に近付いた。

「あの、お侍さま……」

亭主は、久蔵を止めようとした。

幸吉と雲海坊が亭主を左右から押さえ、弥平次が懐の十手を僅かに見せた。

亭主は、驚いて言葉を飲んだ。

久蔵は、石原と二人の浪人の傍に佇んだ。

四

石原は、傍らに立った久蔵を怪訝に見上げた。

「石原采女か……」

久蔵は、石原を厳しく見据えた。

「おぬしは……」

石原は、探るような眼差しを久蔵に向けた。

「米問屋大黒屋の番頭彦兵衛を斬り棄てた一件、仔細を聞かせて貰おう」

「なに……」

石原は眉をひそめた。

一緒にいた二人の浪人は、素早く刀を握り締めた。

「静かにしろ。俺は南町奉行所与力の秋山久蔵だ」

久蔵は、二人の浪人に笑い掛けた。

「秋山久蔵……」

二人の浪人は、久蔵の名を聞いて驚き、怯んだ。

「俺は直参だ。町奉行所の与力にとやかく言われる筋合いはない」

石原は嘲りを浮かべ、手酌で猪口に酒を満たして飲もうとした。

「そうはいかねえ」

久蔵は鋭く告げた。

石原は、猪口を持つ手を止めた。

「昼日中、真面目に働いていた者を斬り殺したんだ。それなりの訳がある筈だ。教えて貰おうか……」

「無礼討ちだ。彦兵衛は俺の顔を見て笑う無礼な真似をしたから無礼討ちにした迄だ」

石原は惚けた。

「石原、無礼討ちをした相手が彦兵衛って名前だと、どうして知っているんだい」

「えっ……」

石原は狼狽えた。

「そいつは無礼討ちじゃあなく、彦兵衛と知っての事だからだな」

「ち、違う……」

石原は、微かに声を震わせた。

「石原、お前、元浜町のおみよに頼まれ、彦兵衛を無礼討ちに見せ掛けて殺した。そうだろう」

久蔵は畳み掛けた。

「し、知らぬ、おみよなんて女は知らぬ」

石原は、必死に言い抜けようとした。

「石原、惚けても無駄だ。手前がおみよを囲っている旦那の一人だってのは、とっくに知れているんだぜ」

久蔵は嘲笑った。

石原は、言葉を失った。

「石原、もう一度訊く、彦兵衛を斬ったのは、おみよに頼まれての事だな」

「知らぬ。俺は何も知らぬ。奴が無礼な真似をしたので、斬り棄てた迄だ」

石原は苛立った。

「どうでも、一人でやった事だと云い張るのかい……」

「ああ。無礼討ちだ」

「ならば石原、俺が果たし合いを申し込むぜ」

久蔵は、嘲りを滲ませた。

「果たし合い……」

石原は驚いた。

弥平次、幸吉、雲海坊は、思わず顔を見合わせた。

「ああ。俺は大黒屋の彦兵衛とちょいとした縁があってな。町奉行所与力として
お縄に出来ねえのなら、只の武士として尋常の果たし合いを申し込むぜ」

「そんな……」

石原は呆然とした。

「日時と場所は追って報せる。逃げ隠れせずに待っているんだな」

久蔵は、不敵に云い放った。

久蔵は、石原采女の彦兵衛殺しを、おみよに頼まれての事だと睨んだ。だが、
石原は無礼討ちだと云い張った。
残る手立ては、おみよ自身に真相を吐かせる以外にない。
久蔵は、弥平次たちに石原采女の見張りを任せ、おみよと逢う事にした。

元浜町朝日稲荷裏のおみよの家は、由松と勇次に見張られていた。

「こりゃあ秋山さま……」

由松と勇次は、彦兵衛が石原に斬られたのを報されていた。

「おみよ、いるんだな」

久蔵は、由松と勇次が揃っているのを見てそう読んだ。

「はい……」

「よし……」

久蔵は、おみよの家の木戸を潜った。


梅の花柄の朱色の着物は、衣桁《いこう》に華やかに掛けられていた。

「どうぞ……」

おみよは、科《しな》を作って久蔵に茶を差し出した。

「構わないでくれ」

久蔵は告げた。

「あら、お酒の方が良かったですか……」

おみよは、大きな眼で久蔵を見つめ、艶然と微笑んだ。

「俺は南町奉行所与力の秋山久蔵だ」

「秋山さま……」

おみよは、形の良い眉を微かにひそめた。

「ああ。おみよ、三河町の米問屋大黒屋の二番番頭の彦兵衛が、石原采女って旗本に斬られたのを知っているな」

久蔵は、おみよを見据えて訊いた。

「ええ、噂で。彦兵衛さん、お気の毒に……」

おみよは、大きな眼から涙を零した。

芝居に抜かりはない……。

久蔵は苦笑した。

おみよは、涙を拭って久蔵を見返した。その顔には、毛筋程の動揺も窺われなかった。

「石原と彦兵衛、二人ともお前の旦那だな」

「はい。私は皆さまのお世話になって、暮らしております」

おみよは、悪びれた様子もなく頷いた。

「その石原が彦兵衛を斬った。そいつは、お前が手を切った彦兵衛を怨み、石原に殺してくれと頼んだからだ。そうだな」

「秋山さま、私は殿方のお情けに縋《すが》って生きているしがない妾稼業の女。そんな恐ろしい真似などしやしませんよ」

おみよは、悪戯《いたずら》っぽい眼で久蔵の顔を覗き込んだ。

「じゃあ、どうして石原は彦兵衛を斬ったんだ」

「秋山さま、噂じゃあ、無礼討ちだと聞きましたが……」

「石原はそう云い張っているが、俺が見た処はそうじゃあねえ……」

「違うんですか……」

「ああ……」

「じゃあ、焼餅かもしれません」

「焼餅……」

「ええ。私、石原の旦那に彦兵衛さんは優しいし、所帯を持とうと誘われていると云ったから、石原の旦那、それで……」

「彦兵衛を斬ったか……」

「きっと……」

おみよは、哀しげに頷いた。

「おみよ。下手な芝居はいい加減にしな」

「秋山さま、私が石原の旦那に彦兵衛さんを殺させたって証、何かあるんですか……」

おみよは、本性を僅かに過ぎらせた。

「証か……」

「はい……」

おみよは久蔵を見つめた。その大きな眼は、賭場で勝負に挑む博奕打ちのように輝いた。

「証はねえ……」

久蔵は苦笑した。

「じゃあ、私を拷問にでも掛けますか。海老責、石抱き、釣責……」

おみよは、むっちりとした身体で科を作り、久蔵に艶然と微笑み掛けた。

強かな女だ……。

「おみよ、それには及ばねえ。石原を吐かせる迄さ」

久蔵は笑った。

入谷《いりや》真源寺鬼子母神《きしもじん》……。

久蔵は、果たし合いの日時と場所を書いた手紙を石原采女の許に届けた。

おのれ、秋山久蔵。高が米問屋の番頭を斬り棄てたぐらいで、果たし合いとは……。

石原は、怒りを覚えた。

秋山久蔵は、心形刀流《しんぎょうとうりゅう》の使い手であり、役目柄かなりの数の修羅場を斬り抜けて来ている男だ。

まともに斬り合って勝てる相手ではない……。

石原は、己の剣の腕を良く知っていた。

斬られる……。

石原は、惨めに斬り棄てられる己の姿を思い浮かべた。

背筋に冷たい汗が流れ、激しい恐怖を感じずにはいられなかった。

おみよに頼まれての事だと白状するか、それとも逃げるか……。

石原に迷いが浮かんだ。

だが今更、おみよに頼まれたと白状してどうなるのだ。逃げるにしても、岡っ引に見張られていて逃げ切れるかどうか……。
石原は悔やんだ。
彦兵衛を斬った事を……。
おみよと拘わり、囲った事を……。
そして、己の馬鹿さ加減と思い上がりを悔やまずにはいられなかった。
今更、悔やんでも手遅れだ。
石原は、追い詰められた。
果たし合いの日は近づいた。
今の自分に出来る事は何がある……。
石原は焦りを覚えた。

久蔵は、果たし合いを申し込まれた石原采女の動きを見守った。
弥平次は、幸吉や雲海坊と巧妙に石原を見張った。
石原は、御徒町の組屋敷に閉じ籠もったまま動かなかった。
果たし合いの日が来た。
寅《とら》の刻七つ半（午前五時）、入谷鬼子母神の境内……。

石原は、白状もしなければ逃げもしなかった。

久蔵は、香織の介添えで着替え、出掛ける仕度をした。

「今朝は随分と早いのですね」

香織は、果たし合いの事を知らなかった。

「うむ。ちょいとな……」

久蔵は微笑んだ。

「旦那さま……」

下男の太市が、庭先にやって来た。

「おう。どうした」

「幸吉さんがお見えです」

石原に何らかの動きがあった……。

「通せ」

「はい」

太市は、幸吉を庭先に誘った。

幸吉は、走って来たのか息を弾ませていた。

「どうした」

久蔵は、濡縁に出て問い質《ただ》した。

「はい。石原采女が腹を切りました」

「なに……」

久蔵は眉をひそめた。

「出掛ける」

久蔵は、香織に告げ、幸吉と共に下谷御徒町の石原采女の組屋敷に急いだ。

石原采女は、遺書を遺していた。

遺書には、不治の病に罹《かか》ったので家督を幼い嫡男に譲ると書かれていた。

石原采女の死に顔は、穏やかだった。

最後の最後に漸く真っ当な武士になった。

久蔵は、石原の死体に手を合わせた。

「秋山さま……」

弥平次は、石原采女切腹の始末を久蔵に尋ねた。

「不治の病で生きる望みをなくして切腹した。それで良いじゃあねえか……」

「分りました」

弥平次は頷いた。

石原の願い通り、幼い嫡男が家督を継げるかどうかは分らない。彦兵衛を斬った真相が露見すれば、幼い嫡男が家督を継ぐ事が許される筈はない。

久蔵は、目付や評定所が問い合わせてくる迄、口を噤《つぐ》む事にした。

彦兵衛に続き、石原采女は死んだ。

二人の死の陰には、おみよが潜んでいるのだ。

性悪女……。

これ以上、おみよに気儘な真似はさせてはならない。

久蔵は、おみよの見張りを厳しくした。


浜町堀に春の陽差しが揺らめいた。

元浜町朝日稲荷裏の仕舞屋の木戸が開いた。

由松と勇次は、素早く尾行る仕度をした。

おみよが木戸から現れ、眩《まぶ》しげに空を見上げて浜町堀に向かった。

由松と勇次は、尾行を始めた。

おみよは、梅の花柄の朱色の着物の裾を翻し、屈託のない足取りで浜町堀に架かる汐見橋に進んだ。

石原采女は、何も洩らさずに腹を切って死んだ。

おみよは泣いた。

そして、己の運の強さを喜び、泣きながら密かに笑った。

今日は、花川戸の料理屋『江戸善』で大店の旦那と逢う……。

旦那は、父親が隠居し、店を継いだばかりで若かった。

おみよは、楽しげな足取りで汐見橋を渡り始めた。

汐見橋の袂に痩せた浪人が現れた。

痩せた浪人の左の袂が揺れ、左腕がないのが分った。

おみよは、汐見橋を来る痩せて左腕のない浪人を汚い物でも見るかのように一瞥し、擦れ違った。

刹那、痩せて左腕のない浪人は、残る右手で抜き打ちにおみよを斬った。

おみよは、胸元から血を飛ばして大きく仰け反った。

「勇次……」

由松と勇次は、血相を変えて走った。

斬られたおみよは、欄干沿いにくるくると廻った。

朱色の着物が華やかに翻った。
次の瞬間、おみよは汐見橋から浜町堀に転落した。
水飛沫《みずしぶき》が舞い上がって煌《きら》めいた。
由松と勇次は、瘦せて片腕の浪人に襲い掛かった。
瘦せて片腕のない浪人は、抗《あらが》いもせずに押し倒された。
由松は刀を奪い取り、勇次が素早く縄を打った。
瘦せて左腕のない浪人は、狂ったように笑い出した。
由松は、浜町堀を覗いた。
朱色の着物を着たおみよは、胸元から血を広げながら浜町堀を流されて行く。
一瞬、由松にはおみよが浜町堀に咲いた朱色の花に見えた。
朱色の花……。
華やかな朱色の花に……。

おみよは死んだ。
瘦せて左腕のない浪人は、麻生真一郎だった。
麻生真一郎は、おみよを巡って阿部吉之助と無様な斬り合いをして左腕を失い、家を勘当されていた。

「見張っていながら、申し訳ございません」

弥平次は詫びた。

「なあに、詫びる必要はねえ。おみよはこうなるのが運命だったのかもしれねえ」

久蔵は、微かな笑みを浮かべた。

「そう仰って戴ければ……」

弥平次は恐縮した。

「で、おみよ、どんな様子だったんだ」

「はい。梅の花柄の派手な着物を着て、楽しげな足取りで出掛けたそうです」

「梅の花柄の派手な着物……」

久蔵は、おみよの家で見掛けた華やかな朱色の着物を思い出した。

「ええ。そして、汐見橋を渡っていた時、橋の袂から麻生真一郎が現れて……」

「おみよを斬ったか……」

「はい」

麻生真一郎は、自分と阿部吉之助がおみよに操られたと気付き、怨みを晴らした。
馬鹿な奴だ……。
久蔵は、麻生真一郎を哀れんだ。
「それで、浜町堀に落ちたおみよは、まるで朱色の花のようだったとか……」
弥平次は告げた。
「朱色の花……」
久蔵は、梅の花柄の朱色の着物を着たおみよを思い浮かべた。
おみよは、むっちりとした身体で科を作り、艶然と微笑んだ。
もう充分だぜ、おみよ……。
久蔵は苦笑した。
性悪女は散った……。

第三話

後始末

一

弥生《やよい》――三月。

雛祭りも終わり、桜の季節になる。

桜の季節には、他に山吹や躑躅《つつじ》などの花も咲き誇る。

南町奉行所定町廻り同心の神崎和馬は、下っ引の幸吉と共に東叡山寛永寺《とうえいざんかんえいじ》境内の茶店で茶をすすっていた。

寛永寺境内は桜の名所であり、花見時には大勢の見物客で賑わった。

「もう直、花見ですね」

幸吉は、花の蕾《つぼみ》を綻ばせ始めた桜並木を眩しげに眺めた。

「ああ。良い季節だ。これで夜の見張りも少しは楽になるな……」

和馬は、微風に鬢の解れ髪を揺らした。

「ええ……」

和馬と幸吉は、長閑に茶をすすった。

大勢の参拝客が行き交い、見物客が漫《そぞ》ろ歩きを楽しんでいた。

「和馬の旦那……」

幸吉は、一方を見つめながら声をひそめた。

「どうした……」

「あれを……」

幸吉の示した処には、質素な身なりの若い母親が四歳程の女の子を遊ばせていた。

「あの母子《おやこ》、どうかしたのか……」

和馬は、怪訝に母子を見つめた。

「一年程前、小石川の旗本家でお家騒動があったのを覚えていますか」

「確か旗本家の当主が病で死に跡継ぎの嫡男が幼いってので、叔父が乗っ取ろうとした一件だったな」

「はい。あの時の叔父の用心棒の浪人……」

「ああ。秋山さまが斬り棄てた直心影流の使い手か……」

和馬は思い出した。

「はい。確か名は吉村左内《よしむらさない》だったと思いますが、その女房と子供です」

幸吉は、旗本家のお家騒動で吉村左内を尾行し、女房と子供の存在を知った。

その女房は、時々行き交う人を見ながら幼い女の子を遊ばせていた。

浪人の吉村左内は、雇い主である旗本家の家督を乗っ取ろうとした叔父を護って久蔵と闘い、斬られて死んでいった。

それから一年が過ぎていた。

吉村左内の女房子供は、達者で暮らしているようだ。

幸吉はそう思った。

「あっ、おじちゃん……」

四歳程の女の子が、やって来た若い浪人に叫んだ。

「やあ、待たせたな。おゆきちゃん……」

若い浪人は、四歳程の女の子を抱き上げた。

おゆきと呼ばれた四歳程の女の子は、嬉しげに笑った。

「おさわさん、遅くなってすまぬ」

若い浪人は、吉村左内の女房に詫びた。

そうだ、おさわだ……。

幸吉は、吉村左内の女房の名を思い出した。

「いいえ。お仕事はいいんですか、新之助《しんのすけ》さん」

おさわは心配した。

「ああ。御隠居の寺詣りのお供は無事に終わった。心配はいりません」

新之助と呼ばれた若い浪人は、おゆきをあやしながら明るく告げた。

「それなら良いけど……」

おさわは微笑んだ。

「じゃあ、行きましょう」

新之助は、おゆきを抱いたままおさわを促《うなが》した。

「はい……」

「さあ。おゆきちゃん、美味しい物を食べような」

「うん」

新之助は、おゆきを抱いたまま人混みを下谷広小路に向かった。

おさわは、嬉しげな笑みを浮かべて続いた。

「どうする、幸吉……」

「和馬の旦那、ちょいと追ってみたいのですが」

「よし。俺は先に戻っているぜ」

「はい。じゃあ……」

幸吉は、和馬を残しておさわたちを追った。


不忍池《しのばずのいけ》は西日に煌めいていた。

浪人の新之助は、おさわとおゆき母子を伴って池之端《いけのはた》仲町の料理屋『鶴喜《つるき》』の暖簾を潜った。

「いらっしゃいませ」

女将のおこうが、新之助たちを笑顔で迎えた。

「やあ、女将さん。俺がいつも世話になっているおさわさんとおゆきちゃんです」

「お噂はかねがね。女将のおこうです。さあ、どうぞ、お上がりください」

「おさわです。お世話になります」

おさわは、女将のおこうに挨拶をし、おゆきの手を引いて店にあがった。

幸吉は戸惑った。

浪人の新之助は、おさわとおゆきを伴って料理屋にあがったのだ。

金はあるのか……。

幸吉は、思わず心配した。

下足番の老爺が、料理屋『鶴喜』の表を掃除し始めた。

幸吉は、下足番の老爺に近付いた。

「父っつぁん、ちょいと訊きたいんだが、今入った浪人さんと一緒の子連れのおかみさん、おさわって人だろう……」

幸吉は鎌を掛けた。

「さあ。おかみさんは知らねえな」

「じゃあ、浪人は知っているのかい……」

「ああ。黒木《くろき》新之助さんだぜ」

「黒木新之助……」

「時々、店で薪割《まきわ》りや水汲みの手伝いをしたり、用心棒の真似をして日銭を稼いでいるんだ」

「そうか……」

「今日は、世話になっているおかみさんに御馳走するんだと張り切っていてな。気の良い奴だぜ」

下足番の老爺は笑った。

浪人の黒木新之助は、おさわとおゆきに御馳走しようと、料理屋『鶴喜』に連れて来たのだ。

幸吉は、おさわと黒木新之助たちの出て来るのを待つ事にした。

不忍池は夕暮れ時を迎え、水鳥の鳴き声が甲高く響いた。


南町奉行所の用部屋の障子は、夕暮れに染まり始めていた。

「吉村左内……」

久蔵は、直心影流の使い手の吉村左内に梃摺《てこず》ったのを覚えていた。

「はい。その女房と子供を寛永寺の境内で見掛けましたよ」

「吉村の女房子供……」

久蔵は眉をひそめた。

「はい。それで新之助って若い浪人が来ましてね。一緒に立ち去って行きましたよ」

「何処に……」

「そいつは幸吉が……」

「そうか……」

久蔵は、己と斬り合って死んだ浪人の女房子供が気になった。

池之端仲町の料理屋『鶴喜』の軒行燈の火が揺れた。

おさわと新之助が、女将のおこうに見送られて出て来た。

新之助は、眠ってしまったおゆきを負ぶっていた。

「じゃあ女将さん、お世話になりました」

新之助は、おこうに礼を述べた。

「いいえ」

「とても美味しかったです」

おさわは微笑んだ。

「そりゃあ良かった。又、新之助さんに連れて来て貰うと良いわよ」

「はい……」

「そいつは拙《まず》い。年に一度か二度だ」

新之助は慌てた。

「冗談ですよ。冗談……」

女将のおこうは笑った。

おさわも楽しげに笑った。

おゆきを負ぶった黒木新之助とおさわは、女将のおこうと下足番の老爺に見送られて湯島天神裏門坂道に向かった。

幸吉は、暗がりを出て追った。


湯島天神裏門坂道に出た新之助とおさわは、湯島天神男坂の下にある坂下町に入った。

幸吉は、慎重に後を追った。

「おゆき、重いでしょう」

おさわは、心配げに新之助に尋ねた。

「いや。どうって事はありませんよ」

新之助は笑った。

「おゆき、美味しい美味しいと随分はしゃいで……」

「うん。はしゃぎ過ぎて疲れたのかな」

「きっと……」

おさわの言葉には、楽しかった一時の余韻が漂った。

新之助とおさわは、裏通りから男坂の下に抜け、古い長屋の木戸を潜った。

幸吉は、木戸の暗がりに潜んだ。

おさわとおゆきを負ぶった新之助は、古い長屋の奥の家に入った。

幸吉は見届けた。

おさわとおゆき母子は、黒木新之助と一緒に暮らしているのか……。

幸吉は戸惑った。

家に仄かな明かりが灯され、新之助とおさわが出て来た。

幸吉は、暗がりに潜んだ。

「じゃあ、おさわさんお休みなさい」

「はい。今日はありがとうございました」

「なに、亡くなった吉村さんへのささやかな恩返しです。礼には及びません。じゃあ……」

新之助は、おさわに一礼して踵を返した。

幸吉は、息を止めて懸命に気配を消し、新之助が木戸を通り過ぎるのを待った。

しかし、新之助は木戸を抜けず、三軒程離れた家に入った。

幸吉は戸惑った。

新之助の入った家に明かりが灯された。

そうか……。

幸吉は、黒木新之助もこの古い長屋の住人だと気付いた。

寛永寺の鐘が戌《いぬ》の刻五つ（午後八時）を告げた。


大川の流れは春の陽差しに煌めいた。

船宿は忙しくなり、柳橋の『笹舟』には花見の客の予約が入り始めた。

「邪魔をする」

着流しの久蔵が、塗笠を取りながら『笹舟』に入って来た。

「これは旦那さま、おいでなさいませ」

帳場にいたお糸は、手伝い奉公をしていた時の呼び方で久蔵を迎えた。

「やあ……」

「お父っつぁんを呼んで参ります」

お糸は、奥に行こうとした。

「お糸、今日は親分じゃあなくて幸吉に用があって来たのだが、幸吉、いるかな」

「はい。さっき台所にいたと思いますが、見て来ます」

「うん。済まねえな」

「いいえ」

お糸は、足早に台所に向かった。

久蔵は、上がり框《かまち》に腰掛けて幸吉の来るのを待った。

時を置かずに、幸吉が台所からやって来た。

「こりゃあ秋山さま。お待たせ致しました」

幸吉は、久蔵の前に座った。

「なあに、ちょいと聞きたい事があってな」

久蔵は笑った。

「は、はい……」

幸吉は、僅かに緊張を過ぎらせた。

「これは秋山さま……」

弥平次が、お糸と共に奥から出て来た。

「やあ……」

「何をしている幸吉。座敷にあがって戴きな。お糸、お茶をな」

弥平次は、幸吉とお糸に指示した。

「親分、それには及ばねえ。ちょいと幸吉に聞きたい事があるだけだ」

「はあ……」

弥平次たちは戸惑った。

「幸吉、他でもねえ。昨日、吉村左内の女房子供を見掛けたそうだな」

久蔵は、微かな厳しさを過ぎらせた。

「はい」

幸吉は頷いた。

「で、住まいを突き止めたのか」

「ええ。湯島天神男坂の下の古長屋です」

「湯島天神男坂の下の古長屋だな。よし……」

久蔵は、上がり框から立ち上がった。

「お出でになるのですか……」

弥平次は尋ねた。

「ああ。ちょいと気になってな」

「幸吉、お供しな」

弥平次は、幸吉に命じた。

「はい」

幸吉は土間に降りた。

「そいつは助かる」

久蔵は笑った。


神田川には、荷船の船頭の歌う唄が長閑に響いていた。

久蔵と幸吉は、神田川沿いの道を明神下の通りに向かった。

「そうか、吉村左内の女房子供、達者に暮らしていたかい……」

「はい。女房はおさわ、子供はおゆきです」

「おさわにおゆきか。で、その若い浪人は……」

「黒木新之助さんです」

「黒木新之助、おさわ母子と同じ長屋に住んでいるんだな」

「はい。親しく付き合っているようです」

「どう云う奴なのかな」

「言葉の端々から窺うと、吉村左内に随分と世話になっていたようです」

「吉村左内にな……」

久蔵は眉をひそめた。

「はい……」

久蔵と幸吉は、神田川沿いの道から明神下の通りに曲がった。そして、湯島天神裏門坂道に入り、湯島天神男坂の下の古い長屋に向かった。

「あの長屋です」

幸吉は、行く手にある古い長屋を示した。

「うむ……」

久蔵と幸吉は、古い長屋に向かった。

派手な半纏を着た二人の町方の男が、久蔵と幸吉より先に古い長屋に入って行った。

久蔵と幸吉は、古い長屋の木戸に進んだ。

派手な半纏の二人の男は、長屋の奥のおさわの家の腰高障子を叩いていた。

久蔵と幸吉は、古い長屋の木戸で立ち止まった。

「おさわさんの家です」

幸吉は眉をひそめた。

「ああ……」

久蔵は、木戸に佇んで派手な半纏の男たちを見守った。


腰高障子を開け、おさわが顔を見せた。

「お前さん、吉村左内さんの女房かい」

派手な半纏の男は、薄笑いを浮かべておさわを値踏みするように見た。

「左様ですが、吉村は一年前に亡くなっております」

おさわは戸惑った。

「そいつは承知の上だ。こいつを見てくれ」

派手な半纏の男の一人が、証文を出しておさわに差し出した。

おさわは、怪訝な面持ちで証文を見た。

「吉村さんが生きている時、金貸しの徳兵衛《とくべえ》さんに借りた十両の借用証文だ」

「十両の借用証文……」

おさわは驚き、僅かに顔色を変えた。

「ああ。返す期限は一月前。元金の十両と利息の十両。都合二十両、返す仕度は出来ているんだろうね」

「そんな……」

おさわは、怯えを過ぎらせた。

「吉村さんが死んでも借金は借金。女房が返すのが定法《じょうほう》ってもんだぜ」

派手な半纏の男たちは、借金の取立屋だった。

「おっ母ちゃん……」

おゆきが出て来た。

「おっ。こいつは上玉だ……」

派手な半纏の男の一人が、おゆきを不意に抱き上げた。

おゆきは驚き、降りようともがきながら泣き出した。

「おゆき……」

おさわは、泣きじゃくるおゆきを取り返そうとした。だが、派手な半纏の男は、笑いながらそうはさせなかった。

「おゆきを返してください」

おさわは、必死に頼んだ。

長屋の家々からおかみさんたちが覗き、恐ろしげに眉をひそめた。

「秋山さま……」

幸吉は、久蔵を窺った。

「うむ……」

久蔵は、微かな怒りを滲ませて木戸を出ようとした。

新之助が、寝間着姿で家から出て来た。

久蔵は、思い止まって事態を見守った。

新之助は、派手な半纏の男に近付き、背後から素早くおゆきを取り戻した。

おゆきは、新之助にしがみついた。

「新之助さん……」

おさわは、その顔から怯えを消した。

「何だ、手前……」

派手な半纏の男たちは、小狡《こずる》さと凶暴さの入り混じった眼で新之助に凄んで見せた。

新之助は、おゆきを背負って派手な半纏の男たちに対峙した。

「何の用だ」

「おかみさんに死んだ旦那の借金を返して貰いに来たんだ。邪魔しねえでくれ」

「そうはいかぬ」

新之助は苦笑した。

「なに、此の食詰め野郎が」

派手な半纏の男たちが、新之助に襲い掛かった。

新之助は、おゆきを背負ったまま派手な半纏の男たちを殴り、蹴り飛ばした。

派手な半纏の男たちは、地面に激しく叩き付けられ、苦しく呻《うめ》いた。

「その借用証文、本当に吉村さんが書いたものかどうか、見せて貰おうか……」

「う、煩せえ……」

派手な半纏の男たちは、新之助に怯えた眼を向けた。そして、血の混じった唾を吐き棄てて立ち去った。

「秋山さま……」

幸吉は、久蔵を窺った。

「うむ……」

久蔵は頷いた。

「御免なすって……」

幸吉は、派手な半纏の男たちを追った。

おかみさんたちは家に引っ込み、古い長屋に静けさが戻った。

久蔵は、残されたおさわ母子と黒木新之助を見守った。


新之助は、背中のおゆきをおさわに返した。

「おっ母ちゃん……」

おゆきは、おさわに抱き付いた。

「怪我はありませんか……」

新之助は心配した。

「はい。大丈夫です」

おさわは、強張《こわば》った笑みを浮かべた。

「奴ら、吉村さんの借金だと云っていましたが、証文、本当に吉村さんの書いたものでしたか……」

新之助は尋ねた。

「はい。あの字は吉村のものかと……」

おさわは、哀しげな面持ちで頷いた。

「そうですか……」

新之助は眉をひそめた。

「新之助さん、とにかく中に……」

おさわは、新之助に家に入るように告げた。

「じゃあ、ちょっと……」

新之助は、おさわとおゆき母子と一緒に家に入った。


久蔵は見送った。

黒木新之助……。

久蔵は、古い長屋の木戸を離れて坂下町の自身番に向かった。

派手な半纏の取立屋たちは、下谷広小路を抜けて御徒町に進み、浅草に向かった。

幸吉は追った。

二

男坂の下の古い長屋は、上野新黒門町《しんくろもんちょう》にある油問屋『近江屋《おうみや》』の持ち物であり、甚兵衛《じんべえ》長屋と云った。

「で、黒木新之助はどう云う素性なんだい」

久蔵は、坂下町の自身番の店番《たなばん》に尋ねた。

「はい。大家さんの話では、親の代からの浪人で剣術道場の師範代や日雇い仕事などをして暮らしを立てているそうです。粗茶にございますが、どうぞ……」

店番は、久蔵に茶を淹《い》れて差し出した。

「剣術道場の師範代に日雇い仕事か……」

久蔵は茶をすすった。

「はい。甚兵衛長屋は御覧の通りの古さなので、店賃《たなちん》が四百文と格安でして……」

長屋の店賃は、一間で六百文が相場だ。

「確かに安いな。で、おさわとおゆきと云う母子がいるだろう……」

「はい」

店番は頷いた。

「いつから甚兵衛長屋で暮らしているんだ」

吉村左内とその家族は、一年前迄は千駄木《せんだぎ》の植木屋の家作に住んでいた筈だ。

「はい。それは……」

店番は、町内の名簿を調べた。

「半年前からです、黒木新之助さんの口利きで越して来たようにございます」

「黒木の口利きで……」

「はい。甚兵衛長屋の大家さんが、確かそう云っていたと思います」

「そうか……」

おさわは、夫の吉村左内の死後、千駄木の植木屋の家作の家賃が払えなくなり、黒木の口利きでおゆきと甚兵衛長屋に越して来た。

久蔵は読んだ。

黒木新之助は、死んだ吉村左内に世話になったらしいが、どのような拘わりなのか仔細は分からない。だが、残されたおさわやおゆきの世話をする様子から見ると、かなり深い拘わりがあるように思えた。

「それで、おさわは何をして暮らしを立てているのか知っているか……」

「そこ迄は。平《へい》さんは知っているかい……」

店番は首を捻り、番人の平助《へいすけ》に尋ねた。

「確か上野元黒門町の越乃屋《こしのや》って呉服屋の仕立物をしていると聞いた事があります」

番人の平助は答えた。

「仕立物か……」

おさわは、吉村左内の死後、幼いおゆきを抱えて仕立物の仕事で暮らしを立てていた。

久蔵は、自身番の店番に礼を云って甚兵衛長屋に戻った。

浅草広小路は賑わい、大川の流れは眩しく煌めいていた。

派手な半纏の取立屋たちは、浅草広小路の賑わいを抜けて花川戸町に入った。

幸吉は、慎重に尾行を続けた。

派手な半纏の取立屋たちは、花川戸町を抜け山谷《さんや》堀《ぼり》に架かる今戸《いまど》橋《ばし》を渡り、今戸町に入った。そして、今戸橋の袂にある板塀に囲まれた仕舞屋の木戸を潜った。

幸吉は見届けた。


坂下町の裏通りには、物売りの声が長閑に響いていた。

久蔵は、湯島天神男坂の下の甚兵衛長屋に向かった。

甚兵衛長屋の木戸から、黒木新之助が出て来た。

久蔵は、咄嗟に物陰に潜んだ。

新之助は、裏通りから湯島天神裏門坂道に向かった。

久蔵は、新之助の通り過ぎるのを待ち、その後を追った。

新之助は、湯島天神裏門坂道に出て明神下の通りに進んだ。その足取りは落ち着いており、後ろ姿に隙は毛筋程もなかった。

久蔵は苦笑した。

新之助は、立ち止まって振り返った。

久蔵は、足取りを変えずに進んだ。

新之助との距離は迫った。

このままでは、佇む新之助を追い抜かなければならない……。

久蔵は、尾行の失敗を覚悟した。

新之助は、戸惑いを過ぎらせて再び歩き出した。

助かった……。

久蔵は密かに安堵し、そのまま尾行を続けた。

新之助は、明神下の通りを神田川に向かった。そして、神田川に架かる昌平橋に差し掛かった時、再び立ち止まって振り返った。

久蔵に隠れる暇はなく、立ち止まるしかなかった。

「やはり、お主か……」

新之助は、久蔵に厳しい眼差しを向けた。

尾行は気付かれた。

久蔵は苦笑した。

「まさか、金貸し徳兵衛に頼まれて……」

新之助は、微かな怒りを滲ませた。

「違う……」

久蔵は遮った。

「俺は南町奉行所与力秋山久蔵だ」

久蔵は名乗った。

「秋山久蔵……」

新之助は、驚いたように眼を見開いた。

一年前、俺が吉村左内を斬ったのを知っている……。

「ああ。黒木新之助だな……」

久蔵は、新之助を見据えた。

新之助は身構え、刀の鯉口《こいぐち》を切った。

「直心影流か……」

久蔵は、新之助の剣の流派を見抜いた。

新之助は、己の剣の流派を見抜いた久蔵に微かな畏怖を覚えた。

「吉村左内と良く似た構えだが、どう云う拘わりなんだい」

久蔵は尋ねた。

「吉村さんは剣術道場の兄弟子であり、私の剣の師匠だ」

新之助は、久蔵を厳しく見据えて告げた。

吉村左内と黒木新之助は、直心影流と云う絆で結ばれた間柄だった。

「それで、残された吉村左内の女房子供の面倒を見ているのか……」

久蔵は、小さな笑みを浮べた。

新之助は戸惑った。

「黒木、俺は吉村左内を斬った。だが、怨みつらみで憎くて斬った訳じゃあねえ。斬らねばこっちが斬られる。役目が果たせねえと思ったから斬った迄……」

久蔵は、吉村の鋭い太刀筋を思い出した。

「吉村さんは、悪事を働いた訳ではない。用心棒として雇われた勤めを果たしただけだ」

新之助は、口惜しげに眉を歪めた。

「黒木、武士って生き物は、たとえ違うと思ってもやらなければならない時がある」

「それは……」

新之助は言葉を失った。

「そいつは、吉村左内も良く知っていた筈だ。だから、馬鹿な悪党の用心棒として、命を懸けて俺と斬り合った。違うか……」

久蔵は、厳しい面持ちで告げた。

「それは、勝った者だから云える事だ。私は納得出来ぬ」

新之助は、云い棄てて踵を返し、昌平橋を足早に渡って行った。
久蔵は、昌平橋の袂に佇んで見送った。
尾行が知れた以上、追う訳にはいかない……。
久蔵は、見送るしかなかった。
しゃぼん玉が虹色に輝きながら飛んできた。
久蔵は、しゃぼん玉の飛んできた方を一瞥した。
しゃぼん玉売りの由松が、久蔵に会釈をして昌平橋を渡って行った。
由松……。
おそらく由松は、神田明神や湯島天神で商いをしていて久蔵を見掛けたのだ。
久蔵は、黒木新之助の尾行を由松に任せた。

今戸の徳兵衛は、評判の悪い金貸しだった。
幸吉は、浅草今戸町の自身番や木戸番を訪れ、金貸し徳兵衛について聞き込んだ。
金を借りる者の足元を見透かした高利、取立屋を使った厳しい取立て……。
取立ては、俗に云う病人の蒲団を取り上げるのは当たり前であり、若い女房や娘を無理矢理に身売りさせ、時には倅を人買いに売り飛ばす非道な真似をすると噂されていた。

幸吉は、徳兵衛の顔を見届けようと、板塀に囲まれた仕舞屋を見張った。だが、仕舞屋には手足となって働いている男たちや用心棒らしき浪人が出入りするだけだった。

幸吉は、山谷堀に架かる今戸橋の袂から仕舞屋を辛抱強く見張った。

神田八ッ小路は春の陽差しに溢れ、行き交う人の足取りも軽かった。

由松は、新之助が神田須田町《すだちょう》にある口入屋に入ったのを見届けた。

今頃、口入屋に来ても日雇い仕事や割りの良い仕事がある筈はない。

新之助は仕事を探しに来たのではない……。

由松は睨んだ。

だったら何しに口入屋に来たのだ……。

由松は、新之助が口入屋に来た理由を探した。だが、理由は思い浮かばなかった。

僅かな時が過ぎ、新之助が悄然とした面持ちで出て来た。

由松は、物陰から新之助を見守った。

何かが上手《うま》くいかなかったようだ……。

由松は眉をひそめた。

新之助は、悄然とした思いを振り払うように大きく背伸びをし、日本橋の通りを日本橋に向かった。

由松は追った。


夕暮れ時、大川を行き交う船に明かりが灯り始めた。

久蔵は、弥平次におさわ母子と黒木新之助の拘わりを話し終え、酒を飲んだ。

「吉村左内の女房子供と黒木新之助ですか……」

弥平次は、久蔵の空になった猪口に酒を満たした。

「ああ。黒木新之助は、おさわとおゆきの面倒を見て、吉村左内から受けた恩を返そうとしている……」

「ええ。それにしても十両の借金の利息が十両とは酷《ひど》い話ですね」

弥平次は眉をひそめた。

「うむ。徳兵衛って金貸し、かなり悪辣《あくらつ》な奴らしい」

「はい……」

弥平次は頷いた。

「ま、詳しい事は幸吉が突き止めて来るだろうが……」

「はい……」

襖の向こうの廊下に人の来た気配がした。

「親分。由松です……」

由松だった。

「おう。戻ったかい。入りな」

「へい。御免なすって……」

由松が、座敷に入って来た。

「御苦労だったな。ま、一杯やんな」

久蔵は、由松を労って酒を勧めた。

「はい。畏《おそ》れいります」

由松は、猪口に満たされた酒を僅かにすすった。

「で、あの浪人、黒木新之助はあれからどうした」

「はい。須田町の口入屋に立ち寄り、その後、室町の呉服屋や小間物屋などを訪ね歩いて長屋に戻りました」

由松は告げた。

「黒木新之助、訪ね歩いて何をしていたんだ」

「そいつが、どうも金策に歩いていたようなんでして……」

由松は眉をひそめた。

「秋山さま……」

弥平次は、久蔵を窺った。

「うむ。おそらく吉村左内の残した借金を返す為の金策だろうぜ」

「はい……」

弥平次は頷いた。

黒木新之助は、おさわとおゆき母子を何とか護ろうとしている。

久蔵は、新之助の気持ちを推し量った。


町駕籠《まちかご》が小田原提灯を揺らしながらやって来て、仕舞屋の前に停まった。

幸吉は、今戸橋の袂から見守った。

駕籠舁《かごかき》が板塀の木戸を入り、仕舞屋に声を掛けた。

白髪頭の痩せた年寄りが、浪人や配下の男たちと仕舞屋から出て来た。

金貸し徳兵衛……。

幸吉は、白髪の痩せた年寄りをそう睨んだ。

徳兵衛は、狐《きつね》のような細い吊眼で薄暗い辺りを鋭く見廻した。

幸吉は、思わず今戸橋の欄干に隠れた。

徳兵衛は、気付かずに町駕籠に乗った。

町駕籠は、浪人や配下の男たちに護られて浅草広小路に向かった。

幸吉は追った。


甚兵衛長屋の家々の明かりは消え、早い眠りに就いていた。

おさわと新之助の家も既に暗かった。

「まだ五つ（午後八時）前だってのに早いな」

久蔵は戸惑った。

「油の値が又あがりましたから……」

勇次は、遠慮がちに告げた。

「そうか……」

久蔵は、油の値があがったのを知らなかった己を恥じた。

弥平次は、勇次に八丁堀に帰る久蔵の供を命じた。だが、久蔵はおさわが気になり、勇次を従えて甚兵衛長屋に廻ったのだ。

甚兵衛長屋は、月明かりを浴びて寝静まっていた。

「何事もないようだな……」

久蔵がそう思った時、奥の家の腰高障子の戸が僅かに開き、おさわが出て来た。

おさわ……。

久蔵は眉をひそめた。

おさわは、腰高障子を静かに閉め、息を整えて足早に木戸に向かった。

「秋山さま……」

勇次は、おさわを追い掛けようとした。

新之助の家の腰高障子が、小さな音を鳴らした。

久蔵は、咄嗟に勇次を押さえた。

新之助が現れ、おさわの後を追って行った。

「行くぞ……」

「はい」

久蔵は、勇次を伴っておさわと新之助を追った。
湯島天神門前町の盛り場は、まだ酔客で賑《にぎ》わっていた。
おさわは、盛り場の入口の暗がりに佇み、緊張した眼差しで酔客を見つめた。
酔客は厚化粧の酌婦と縺れ合い、賑やかな笑い声をあげていた。
おさわは手拭を被り、意を決したように僅かに月明かりの当たる場所に出た。
「秋山さま……」
勇次は眉をひそめた。
「ああ。客を取る気だ」
久蔵は睨んだ。
おさわは、身体を売って夫の残した借金の返済をしようとしている……。
久蔵は、佇むおさわと背後の物陰に潜んでいる新之助を見守った。
酔客がおさわをからかいながら行き交い、僅かな時が過ぎた。
一人の酔客がおさわに声を掛け、その手を握った。

おさわは、思わず酔客の手を振り払い、暗がりに身を退いた。

「何だ、年増が……」

酔客は悪態をつき、酔った足取りで盛り場に入って行った。

所詮、おさわが客を取るのは無理なのだ。

久蔵は、無理を承知で夜の町に立ったおさわを哀れまずにはいられなかった。

印半纏を着た二人の男が、盛り場の賑わいをやって来た。そして、暗がりにいたおさわに気が付いた。

「何してんだい、姐《ねえ》さん……」

二人の男は、おさわが客を取ろうとしていると睨んだ。

「いえ。別に……」

おさわは怯え、その場から立ち去ろうとした。

「待ちな……」

男はおさわの腕を掴んだ。

「此処で勝手に商売してくれちゃあ困るんだよ。大人しく一緒にきな」

「離して、離してください」

おさわは、身を捩って逃れようとした。だが、二人の男はおさわを逃がしはしなかった。


「野郎……」

勇次は舌打ちをした。

「知っている奴らか……」

「はい。土地の地廻りの天神一家の連中です」

「騒ぎ立てずに追い払えるか……」

久蔵は、騒ぎ立てておさわを困らせたくはなかった。

「やってみます」

勇次がおさわたちに近寄ろうとした時、物陰から新之助が立った。

「勇次……」

久蔵は、勇次を制した。

「はい」

勇次は、久蔵の傍に戻った。

久蔵と勇次は、事の成り行きを見守った。

おさわは、二人の地廻りから必死に逃れようとした。

「離してください。私は商売などしてはおりません」

おさわは、身を捩って抗った。

「往生際の悪い女だぜ」

「ああ。煩せえんだよ」

地廻りの一人が、おさわの頬を張り飛ばした。

被っていた手拭が夜空に飛んだ。

おさわは、家の壁に叩き付けられて地面に崩れた。

「さあ、来るんだ」

二人の地廻りは、倒れたおさわを両脇から抱え起して引き立てようとした。

手拭で頰被りをした新之助が現れ、おさわを押さえている地廻りの手を摑んで捻った。

「痛てえ……」

地廻りは悲鳴をあげた。

新之助は、悲鳴をあげた地廻りを殴り飛ばした。

「何だ、手前……」

もう一人の地廻りが、おさわから手を離して匕首を抜いた。

新之助は、匕首を構えたもう一人の地廻りに近付いた。もう一人の地廻りは、匕首を構えて突き掛った。新之助は、匕首を握る手を取って鋭い投げを打った。

地廻りは、地面に激しく叩き付けられた。

新之助は、おさわを連れて逃げた。


「勇次、地廻り共を鎮めろ」

「承知……」

久蔵は、新之助とおさわを追った。

三

「野郎……」

二人の地廻りは、激痛に呻きながらも熱《いき》り立った。

「親方に報せろ……」

「そいつは止《よ》した方がいいぜ」

勇次が、苦笑しながら近付いた。

「こりゃあ柳橋の……」

二人の地廻りは、勇次が柳橋の弥平次の身内の者だと知っていた。

「あの男、南町の秋山さまの知り合いだぜ」

「剃刀久蔵の……」

二人の地廻りは驚き、怯えの浮かんだ顔を見合わせた。

「ああ。お前さんたちも騒ぎ立てず、忘れちまった方が身の為だぜ」

勇次は笑った。

「ああ、分った……」

二人の地廻りは声を嗄し、喉を鳴らして頷いた。


不忍池は月明かりに映えていた。

おさわは、不忍池の畔《ほとり》にしゃがみ込んで肩で息をついた。

新之助は、やって来た闇を透かし見た。

地廻りたちが、追って来る気配はなかった。

「もう大丈夫です」

「すみません……」

おさわは、新之助に詫びて嗚咽《おえつ》を洩らした。

新之助は、何も云わず何も訊かずに、嗚咽を洩らすおさわを痛ましく見守った。

おさわは、肩を小刻みに震わせて嗚咽を洩らし続けた。


久蔵は、木陰から新之助とおさわを見守っていた。

新之助は、おさわを責めず、気の済む迄泣かせようとしている。

二人の間に言葉は不要なのだ……。

久蔵は、おさわの哀しさと、新之助の優しさを知った。

おさわの嗚咽は、不忍池の水面に途切れ途切れに響いた。

亥《い》の刻四つ（午後十時）を告げる寛永寺の鐘が、夜空に低く鳴り響いた。

南町奉行所の桜は五分咲きになった。

久蔵は、下男の太市を従えて表門を潜った。

弥平次と幸吉が、表門内の腰掛けで待っていた。

「おはようございます」

「やあ、親分、幸吉……」

久蔵は、太市を八丁堀の屋敷に帰し、弥平次と幸吉を用部屋に伴った。

「で、幸吉、徳兵衛って金貸し、どんな野郎だった」

久蔵は尋ねた。

「はい。今戸橋の袂に住んでいましてね。白髪頭で狐のような眼をした痩せた年寄りです」

「白髪頭で狐眼の痩せた年寄りか……」

「はい」

「で、評判は……」

「そいつが、無慈悲で悪辣な金貸しと専らの評判でしてね。本人も恨まれ憎まれているのを良く知っているのか、出掛ける時は手下や用心棒の浪人と一緒です」

幸吉は、嘲りを浮べた。

「今戸の徳兵衛。絵に描いたようなあくどい金貸しだな」

久蔵は苦笑した。

「はい。昨夜も手下や用心棒を引き連れて駒形《こまがた》の料理屋に行きましてね」

幸吉は、一行の後を尾行て行き先を突き止めていた。

「誰かと逢ったのか……」

「はい。料理屋の仲居に探りを入れたのですが、京橋の駿河堂《するがどう》って茶問屋の旦那と……」

「それで京橋の駿河堂、ちょいと調べたのですが、近頃、商いが思わしくないとか……」

弥平次が眉をひそめた。

「って事は、駿河堂の旦那、今戸の徳兵衛に借金を頼んだのか……」

久蔵は睨んだ。

「きっと……」

幸吉は頷いた。

「京橋の駿河堂、徳兵衛に金を借りるようじゃあ、お仕舞いですよ」

弥平次は、茶問屋『駿河堂』に同情した。

「うむ……」

「で、秋山さま。昨夜、おさわさんが湯島天神の盛り場で客を取ろうとしたとか

「……」

弥平次は、厳しさを過ぎらせた。

「うむ。ま、いろいろあって地廻りに絡まれてな、黒木新之助が連れて逃げたぜ」

「お気の毒に。おさわさん、随分追い込まれたんですねえ」

「ああ……」

久蔵は、不忍池の畔で嗚咽を洩らすおさわを思い出した。

「それにしても、十両借りて利息込みで二十両の返済はありませんよ」

幸吉は、怒りを過ぎらせた。

「よし。幸吉、今、和馬を呼ぶ。一緒に今戸の徳兵衛の身辺を洗ってくれ。どんな埃《ほこり》が出てくるか……」

久蔵は冷笑を浮べた。

「畏《かしこ》まりました」

久蔵は、徳兵衛の隠された罪を暴き、お縄にしようとしている。

幸吉は、久蔵の腹の内を読んだ。

「秋山さま、おさわさんと黒木さんは、由松と勇次が……」

弥平次は、朝早くから由松と勇次を坂下町の甚兵衛長屋に走らせていた。

「そうか。さあて、黒木新之助、これからどう出るか……」

「秋山さま……」

弥平次は、久蔵の睨みを探った。

「うむ。手立てを選ばずに金を作るか、金貸し徳兵衛を叩き斬って吉村左内の借用証文を始末するか……」

久蔵は、厳しさを滲ませた。


甚兵衛長屋は、おかみさんたちの洗濯も終わり、漸く静けさが訪れた。

由松と勇次は、木戸の陰に潜んで新之助とおさわを見張った。

雲海坊の読む経が、裏通りから聞こえて来た。

「雲海坊の兄貴ですよ」

勇次は戸惑った。

「ああ。親分と秋山さま、黒木新之助さんがどう動くか心配しているんだぜ」

由松は、雲海坊が来た理由を読んだ。

托鉢坊主の雲海坊が、経を読みながら由松たちを一瞥し、裏通りを通り過ぎて行った。

僅かな時が過ぎ、黒木新之助が家から出て来た。

由松と勇次は、木戸の物陰に潜んだ。

新之助は、甚兵衛長屋を出て裏通りに出て行った。

「勇次、おさわさんを頼む」

「はい」

由松は、勇次を残して新之助を追った。

雲海坊の経が再び聞こえ、遠ざかって行った。

勇次は、雲海坊も新之助を追ったのに気が付いた。


新之助は、坂下町の裏通りから明神下の通りに出た。

由松は追った。

新之助は、直心影流の使い手だ。

下手な尾行は見破られる……。

由松は、緊張しながら追った。

背後から錫杖の鐶の音が聞こえた。

由松は、振り返って後から来る雲海坊の姿を見届けた。

助かった……。

たとえ尾行が新之助に気付かれても、雲海坊が後詰をしてくれる。

由松は、緊張を僅かに緩めた。

神田川に出た新之助は、昌平橋を渡って八ッ小路から日本橋の通りに進んだ。

由松と雲海坊は慎重に追った。

新之助は、日本橋の通りにある神田須田町の口入屋の暖簾を潜った。

由松は、斜向かいの路地に潜んだ。

又、金策に来たのか……。

由松は戸惑った。

「口入屋か……」

雲海坊が並んだ。

「はい。昨日、金策に来た店です」

「じゃあ今日も……」

「さあ、そいつはどうですか……」

由松は首を捻った。

「だったら金になる仕事か……」

「金になる仕事……」

由松は眉をひそめた。

「腕の立つ浪人の金になる仕事と云えば、用心棒か人斬りってのが相場だぜ」

雲海坊は苦笑した。

「雲海坊の兄貴……」

由松は、緊張を漲らせた。

新之助は、口入屋から中々出て来なかった。


山谷堀は隅田川に続いている。

幸吉は、南町奉行所定町廻り同心神崎和馬と金貸し徳兵衛の身辺を洗った。そして、徳兵衛に公儀が禁じている人身売買の疑いが浮かんだ。

「借金が返せない時には、若い女は云うに及ばず、男でも人買いに売り飛ばしているると専らの噂ですぜ」

幸吉は、徳兵衛の周辺にいる者に聞き込んだ結果を和馬に告げた。

「俺の方も同じだ。幸吉、徳兵衛が人買いに人を売り飛ばしているのは間違いない。証拠、必ず摑んでやる」

和馬は意気込んだ。

「はい。で、何処から探りますか……」

「先《ま》ずは、女衒《ぜげん》を当たろう」

女衒は判人《はんにん》や肝煎《きもいり》とも称され、女を遊女屋の年季奉公に周旋《しゅうせん》し、請人《うけにん》として判を押した。

年季奉公は十年だが、病や借金でその年季が十年で済む事は滅多になかった。つまり、年季奉公は御法度の人身売買に代わるものとされた。

山谷堀沿いの日本堤《にほんづつみ》は、隅田川から下谷三《み》ノ輪町《わまち》に続き、途中に新吉原があった。その拘わりで、女衒は今戸町に近い山谷や浅草田町《たまち》に住んでいる者が多かった。

「でしたら、浅草田町に住んでいる蓑吉《みのきち》って女衒が、時々徳兵衛の家に出入りをしているそうです。そいつを締め上げてみますか……」

「よし……」

和馬と幸吉は、山谷堀沿いの日本堤を田町に向かった。

口入屋から出て来た黒木新之助は、沈痛な面持ちで吐息を洩らした。

雲海坊と由松は、斜向かいの路地から見守った。

新之助は、覚悟を決めたように己の頰を両手で叩き、日本橋の通りを八ッ小路に向かった。

「由松……」

雲海坊は、由松を促した。

「はい。お先に……」

雲海坊と由松は、別々になって尾行を開始した。

新之助は、八ッ小路から神田川沿いの柳原通りに重い足取りで進んだ。

柳の並木が続く柳原通りは、八ッ小路から両国広小路を結んでいる。

新之助は、微風に揺れる柳の枝の傍らを両国に向かった。そして、神田川に架かる和泉橋を渡った。

雲海坊と由松は追った。

新之助の足取りは重く、迷いと躊躇いを感じさせた。

まるで、行きたくない処に行くような足取りだ……。

由松は、新之助の足取りをそう感じた。

新之助は、和泉橋を渡って御徒町に進んだ。

御徒町には小旗本や御家人の組屋敷が連なり、物売りの声が長閑に響いていた。

新之助は、行き逢わせた棒手振りの魚屋に何事かを尋ねて先に進んだ。

由松は、棒手振りと擦れ違って新之助を追った。

後から来た雲海坊が、棒手振りの魚屋を呼び止め、新之助が何を尋ねたかを訊いた。

「ああ。あの浪人さんなら、御家人の山崎又十郎《やまざきまたじゅうろう》さんの組屋敷が何処か訊かれましたよ」

棒手振りの魚屋は眉をひそめた。

「山崎又十郎……」

「ええ……」

何かある……。

雲海坊の勘が囁いた。

「どんな人なのかな、御家人の山崎又十郎って人は」

「どんなって……」

棒手振りの魚屋は困惑した。

雲海坊は、棒手振りの魚屋に素早く小粒を握らせた。

「お坊さま……」

棒手振りの魚屋は戸惑った。

「此処だけの話だ。安心しな……」

雲海坊は笑った。

棒手振りの魚屋は、雲海坊に渡された小粒を握り締めた。

「評判、悪いですよ」

「へえ。どんな具合に……」

「酒に博奕に強請《ゆすり》にたかり、おまけに女を手込めにしたり、ま、界隈でも評判の鼻摘みだそうですぜ」

棒手振りの魚屋は、汚い物でも見たように眉をひそめた。

「そいつは酷い野郎だな」

「あちこちで怨みを買っていて、夜な夜な組屋敷に石を投げる奴もいるそうですよ」

「そんな野郎が野放しになっているのかい」

「ええ。腕自慢の乱暴者。おまけに御家人だから町方の手も及ばねえって、やりたい放題ですよ」

「そうか……」

雲海坊は眉をひそめた。

新之助は、そんな山崎又十郎に何の用があるのか……。

雲海坊は、棒手振りの魚屋に山崎又十郎の組屋敷の場所を訊いて別れた。


新之助は、或る組屋敷の様子を窺い始めた。

由松は、物陰から見守った。

背後に雲海坊が現れた。

「あそこが山崎又十郎の組屋敷か……」

「山崎又十郎……」

由松は眉をひそめた。

「うん……」

雲海坊は、由松に棒手振りの魚屋に聞いた話を教えた。

「へえ。山崎又十郎、そんな野郎なんですかい」

「ああ。黒木新之助、そんな野郎に何の用があって来たのか……」

雲海坊は、新之助を見つめた。

新之助は、山崎又十郎の組屋敷の様子を窺っていた。


浅草田町の裏町に、女衒の蓑吉の暮らす長屋はあった。

和馬と幸吉は、長屋の蓑吉の家を訪れた。

「蓑吉ならいませんよ」

井戸端で洗い物をしていたおかみさんが、眉をひそめながら教えてくれた。

「何処に行ったのかな……」

「袖寿里《そですり》稲荷の裏の一膳飯屋ですよ」

女衒の蓑吉は、飯を食べに行っていた。

和馬と幸吉は、おかみさんに礼を云って袖寿里稲荷に向かった。


袖寿里稲荷裏の一膳飯屋は、昼飯時も過ぎて客は少なかった。

幸吉は、一膳飯屋の店内を窺った。

派手な半纏を着た男が、一人で酒を飲んでいた。

「いたか……」

「ええ。らしい野郎が酒を飲んでいますよ」

「よし。確かめて呼び出せ」

「はい」

幸吉は、一膳飯屋に入って行った。

和馬は戸口で待った。


幸吉は、酒を飲んでいる蓑吉らしい男の前に立った。

「なんでえ……」

蓑吉らしい男は、険しい眼で幸吉を見上げた。

「女衒の蓑吉だな……」

幸吉は小さく笑い、懐の十手を見せた。

「こりゃあ、親分さん……」

蓑吉は、その眼の険しさを慌てて消して作り笑いを浮べた。

「金貸しの徳兵衛の事で、ちょいと訊きたい事があってな、面を貸して貰おうか」

幸吉は、蓑吉を見据えた。

「えっ……」

蓑吉は、怯えと狡猾《こうかつ》さを滲ませた。

後ろめたい事がある……。

幸吉の勘が囁いた。

「さあ……」

幸吉は促した。

次の瞬間、蓑吉は飯台をひっくり返した。

幸吉は、思わず後退った。

蓑吉は一膳飯屋から逃げ出した。

「蓑吉……」

幸吉は追った。


和馬は、一膳飯屋から駆け出して来た蓑吉に長い脚を飛ばした。

蓑吉は、足を払われて大きく宙を舞って地面に叩き付けられた。

土埃が舞い上がった。

「嘗めた真似するんじゃあねえ」

和馬は、倒れた蓑吉を蹴りあげた。

蓑吉は、鼻血を飛ばして苦しく呻いた。


袖寿里稲荷の赤い幟旗は風に揺れていた。

和馬と幸吉は、女衒の蓑吉を袖寿里稲荷の裏に連れ込んだ。

蓑吉は、鼻血で顔を汚して不貞腐《ふてくさ》れた。

幸吉は冷たく笑った。

「蓑吉、お前、御法度《ごはっと》の人の売り買いをしやがったな」

和馬は、蓑吉を睨み付けた。

蓑吉は、顔を背けて黙り込んだ。

「蓑吉……」

幸吉は、蓑吉を張り飛ばした。だが、蓑吉は沈黙を守った。

「面白い。蓑吉、お前がその覚悟なら、やってやろうじゃあないか」

和馬は嘲笑った。

黒木新之助は、山崎又十郎の組屋敷を見張り続けた。
陽は既に西に傾いていた。
山崎又十郎らしい若い侍が組屋敷から現れ、辺りを険しい眼差しで見廻した。
雲海坊と由松は、新之助がどう出るか見守った。
山崎は、神田川に向かった。
新之助は追った。
「さあて、どうなる事やら……」
雲海坊と由松は、山崎と新之助を追った。
西に傾いた陽は赤くなり始めた。

四

日暮れ、神田明神の境内には静けさが訪れ、門前町の盛り場は賑わい始める。
山崎又十郎は、神田明神門前町の盛り場にある居酒屋に入った。
居酒屋の若い衆は、威勢良く山崎を迎えた。
山崎は、馴染《なじみ》らしく若い衆に下品な冗談を飛ばして笑った。

新之助は、居酒屋の斜向かいの路地に潜んだ。

雲海坊と由松は、離れた処から見届けた。

「どうします……」

由松は、雲海坊に囁いた。

「斬り合いになるかもな……」

雲海坊は眉をひそめた。

「ええ……」

由松は頷いた。

黒木新之助は直心影流の使い手であり、山崎又十郎は腕自慢の乱暴者だ。

斬り合ったらどうなるのか……。

「いずれにしろ、俺たちの手に負えねえ事になるか……」

雲海坊は睨んだ。

「暫くは動かないでしょうから、あっしが秋山さまに一っ走りしますか……」

由松は身を乗り出した。

「いや。それには及ばねえ。此処は木戸番に使いを頼もう」

雲海坊は、新之助と山崎が何時どう動くか読めず、由松が久蔵の許に報せに走るのに不安を覚えた。

大番屋の詮議場は、花見の時期とは云え底冷えがした。

和馬と幸吉は、女衒の蓑吉を土間に引き据えた。

土間の隅には、刺叉《さすまた》、袖搦《そでがらみ》、突棒《つくぼう》などの三道具があり、微かに血と汗の臭いが漂っていた。

不貞不貞しく黙り込んでいた蓑吉は、流石《さすが》に怯えを滲ませた。

「さあて蓑吉、ゆっくり話を聞かせて貰うぜ」

和馬は嘲りを浮べた。

「だ、旦那……」

蓑吉は、嗄れた声を引き攣らせた。

「蓑吉、さっさと吐かなきゃあ、命が幾つあっても足りねえぜ」

幸吉は笑い掛けた。

「兄い……」

蓑吉は、怯えと阿《おも》りの入り混じった眼を幸吉に向けた。

「蓑吉、おっ母さんは達者か……」

幸吉は、不意に尋ねた。

「おっ母あならとっくの昔に……」

蓑吉は戸惑った。

「死んだか。で、女房子供はいねえな」

「えっ、ええ……」

蓑吉は、幸吉の質問の意味が分らず、探るように頷いた。

「旦那、お聞きの通りですぜ」

幸吉は、和馬に笑いながら告げた。

「ああ。蓑吉、どうやら女衒のお前が死んで困ったり哀しんだりする者は、この世にはいねえようだな」

和馬は、嬉しげに脇差しを抜いた。

責め殺そうとしている……。

蓑吉は、幸吉の不意の質問の意味に気付き、思わず身を引いた。

幸吉が、身を引いた蓑吉を背後から押さえて突き出した。

「女衒を消すのも、世の為人の為……」

和馬は、鈍く輝く脇差しを蓑吉の顔に近づけた。

蓑吉は、懸命に身を引こうとした。しかし、幸吉は蓑吉を容赦なく押し出し、髷《まげ》を摑んで顔を上に向かせた。

和馬は、笑いながら脇差しの刃を蓑吉の眼の上に当てた。

蓑吉は震え、眼を瞑《つむ》った。

「動くな蓑吉。動けば目玉に突き刺さる」

和馬は、眼の上に当てた脇差しを動かした。

毛の剃られる音がし、眼の上から眉毛が散り落ちた。

和馬は、甲高い声で可笑《おか》しそうに笑った。

幸吉は、声を押し殺して笑った。

血迷っていやがる……。

蓑吉は、激しい恐怖に衝《つ》き上げられた。

「さあて蓑吉。お前の人の売り買い、今戸の金貸し、徳兵衛に頼まれての事だな」

和馬は、蓑吉に笑顔を向けた。

山崎又十郎は、後から来た二人の浪人と酒を飲み続けた。

黒木新之助は、斜向かいの路地に潜んで辛抱強く見張り続けた。

半刻が過ぎた頃、山崎と二人の浪人は居酒屋を出た。

黒木新之助は追った。

雲海坊と由松は続いた。

山崎と二人の浪人は、神田明神門前町の盛り場の賑わいを抜け、明神下の通りを不忍池に向かった。


不忍池の畔には、料理屋の明かりが点在していた。

山崎と二人の浪人は木陰に潜んだ。

新之助は、暗がりで見守った。

雲海坊と由松は戸惑った。

「ひょっとしたら山崎たち……」

由松は眉をひそめた。

「ああ。料理屋帰りの金持ちに辻強盗でも働く気かもな」

雲海坊は睨んだ。

「そんな処だろうな」

着流しの久蔵が、暗がりから現れた。

「秋山さま……」

雲海坊と由松は、微かな安堵を過ぎらせた。

「黒木を追うお前たちを見掛けてな」

久蔵は、木陰に潜む山崎又十郎と二人の浪人を見つめた。

「何者だい」

「御家人の山崎又十郎です」

「御徒町の組屋敷にいる山崎又十郎か……」

久蔵は眉をひそめた。

「御存知ですか……」

「ああ。噂をな……」

久蔵は苦笑した。

「で、黒木は……」

久蔵は、暗がりに佇む新之助を示した。

「神田須田町の口入屋に行き、それから……」

「山崎を追い始めたかい」

久蔵は、厳しさを過ぎらせた。

「はい……」

雲海坊は頷いた。

「そうか……」

久蔵は、微かに哀れみの滲んだ眼で新之助を見つめた。

四半刻が過ぎた。

「毎度ありがとうございました……」

客を見送る女将たちの声が、料理屋の表から聞こえた。

山崎と二人の浪人は殺気を漲らせた。

新之助は、山崎たちの殺気に気付いて刀を握り締めた。

「秋山さま……」

「山崎の野郎、お前たちの睨み通り、辻強盗を働く気だぜ」

久蔵は、微かな笑みを浮べた。

雲海坊と由松は緊張した。

大店の旦那風の男が、下男の持つ提灯に足元を照らされて畔をやって来た。

山崎と二人の浪人は、大店の旦那風の男と下男の来るのを待った。

大店の旦那風の男と下男が、山崎と二人の浪人の前を通り過ぎた。

山崎と二人の浪人は、木陰を出て大店の旦那風の男と下男を取り囲んだ。

大店の旦那風の男と下男は、恐怖に激しく震えた。

「殺されたくなかったら、あり金を出して貰おうか……」

山崎は、薄笑いを浮べて刀を抜いた。

「そこ迄だぜ。山崎又十郎……」

久蔵は暗がりを出た。

山崎と二人の浪人は、慌てて久蔵に白刃を向けた。

「邪魔すると命はねえぞ」

山崎は凄んだ。

「御家人が辻強盗とは世も末だな」

久蔵は苦笑した。

「手前、何者だ……」

山崎は狼狽えた。

「俺か、俺は南町奉行所の秋山久蔵だよ」

久蔵は、微笑みかけた。

次の瞬間、二人の浪人が久蔵に斬り掛った。
久蔵は、僅かに腰を沈めて閃光《せんこう》を放った。
二人の浪人は、それぞれ刀を握った腕と太股《ふともも》を斬られて倒れた。
山崎は逃げた。
「黒木……」
久蔵は鋭く叫んだ。
新之助は、弾かれたように木陰を出て山崎の前に立ち塞《ふさ》がった。
「退《ど》けえ」
山崎は、怒声をあげて新之助に斬り付けた。
刹那、新之助は抜き打ちの一刀を放ちながら山崎と交錯した。
山崎は大きく仰け反り、地面に叩き付けられるように倒れた。
土煙が舞い上がった。
新之助は、倒れた山崎を見下ろした。
雲海坊と由松は、腕と脚を斬られた二人の浪人に縄を打った。
「黒木……」
久蔵は、山崎を見下ろしている新之助に声を掛けた。

「峰打ちです……」

新之助は、久蔵に告げた。

山崎が微かに呻いた。

「そうか……」

久蔵は微笑んだ。

「秋山さん、俺……」

「捕物の加勢、助かったぜ……」

久蔵は遮った。

新之助は戸惑った。

「秋山さん……」

新之助は、口入屋を通じて山崎又十郎を恨んでいる者に金で雇われ、斬り棄てようとした。だが、新之助は斬れなかった。

勿論、金は吉村左内が残した借金を返済する為のものなのだ。

久蔵は睨んだ。

「それでいいのさ。山崎又十郎は無事には済ませやしねえ」

久蔵は笑った。

女衒の蓑吉は落ちた。

「そうか。金貸しの徳兵衛。女衒の蓑吉を通じて、借金を返せない者の子供を人買いに売り飛ばしていたか……」

久蔵は、女衒の蓑吉の口書きを読んで眉をひそめた。

「はい……」

和馬は頷いた。

「良く落としたな」

久蔵は誉めた。

「そいつは、まあ、幸吉と脅したり賺《すか》したりして……」

和馬は、気が触れた危ない同心を演じ、蓑吉を追い込んだ事を濁した。

「そうか。いずれにしろ良くやった」

「はい」

「よし。金貸し徳兵衛をお縄にするぜ」

徳兵衛をお縄にすれば、悪辣な高利貸しの実態を白日の下に曝《さら》す事が出来る。

そうすれば、おさわが死んだ夫である吉村左内の借金を返す必要はなくなるかもしれない。

「はい。すでに弥平次の親分たちが、徳兵衛の今戸の家を見張っています」

「よし。出張《でば》るぜ……」

久蔵は、刀を手にして立ち上がった。


今戸町の空には、今戸焼きの窯《かま》の煙が幾筋も立ち上っていた。

弥平次は、幸吉、雲海坊、由松、勇次を徳兵衛の家の表と裏に張り付けた。

徳兵衛の住む板塀に囲まれた仕舞屋は、取立屋や用心棒の浪人たちが出入りをしていた。

「柳橋の……」

久蔵は、和馬を従えて今戸橋の袂にいる弥平次の許にやって来た。

「こりゃあ秋山さま、和馬の旦那、御苦労さまにございます」

弥平次は迎えた。

「で、どうだ……」

「はい。用心棒の浪人共が出入りをしている処を見ると、徳兵衛は家に……」

弥平次は睨んだ。

「いるか……」

「おそらく……」

弥平次は頷いた。

「よし。和馬、お前は裏から踏み込め。俺は表から行く」

「心得ました」

「和馬の旦那、裏には幸吉と由松がいます」

弥平次は告げた。

「分った。じゃあ……」

和馬は、素早く仕舞屋の裏に廻って行った。

「じゃあ柳橋の、行くぜ」

「お供致しやす……」

久蔵は、弥平次と共に板塀の廻された仕舞屋に向かった。

雲海坊と勇次が物陰から現れ、久蔵と弥平次に続いた。

久蔵は、仕舞屋に廻された板塀の木戸を開けようとした。だが、木戸には中から心張棒がかってあった。

木戸を蹴破るのは容易だが、踏み込む前に騒ぎ立てるのは下策だ。

「雲海坊……」

久蔵は、雲海坊を呼んだ。

「はい……」

雲海坊は、木戸の前に立って大声で経を読み始めた。やがて、木戸の向こうで格子戸が開き、人が来る気配がした。

雲海坊は、経を読む声を一段と張り上げた。

「煩せえんだよ。糞坊主」

木戸を開け、三下が険しい顔を出した。

刹那、久蔵が三下の首筋に手刀を打ち込んだ。三下は、眼を剝《む》いて気を失った。

久蔵と弥平次は、素早く木戸を潜った。

雲海坊と勇次は、気を失った三下を板塀の内に引き摺り込んで木戸を閉めた。

久蔵は、仕舞屋の格子戸を開けた。

「おう。追い返したか……」

用心棒の浪人が、戸口脇の部屋から出て来た。

久蔵は、浪人の胸倉を鷲摑みにして土間に引き摺り倒した。

弥平次が、十手を浪人の鳩尾《みぞおち》に叩き込んだ。

浪人は、身体をくの字に曲げて苦しく呻いた。

勇次が、素早く縄を打った。

久蔵は、居間に進んだ。

弥平次が続いた。


金貸し徳兵衛は、取立屋たちに借用証文を渡し、何事か説明していた。そして、二人の用心棒の浪人が、徳兵衛の背後に控えていた。

久蔵は、無造作に居間に踏み込んだ。

「なんだ、手前は……」

二人の用心棒の浪人は驚き、刀を手にして立ち上がった。

「俺は南町奉行所吟味方与力の秋山久蔵。徳兵衛、手前、人を売り飛ばしやがったな」

久蔵は、徳兵衛を厳しく見据えた。

「だ、旦那方……」

徳兵衛は、嗄れ声を激しく震わせて身を翻した。

取立屋たちが続いて逃げた。

二人の用心棒の浪人は、徳兵衛を庇《かば》うように立ちはだかって刀を抜いた。

刹那、久蔵は用心棒の浪人の一人を鋭く蹴飛ばした。

用心棒は、壁に激突して倒れた。

家が揺れ、壁が崩れ落ちた。

雲海坊は、倒れた用心棒を錫杖で容赦なく打ち据えた。

残る用心棒の浪人が、久蔵に上段から斬り付けた。刀の刃先が天井に当たり、天井板や土埃が落ちた。

久蔵は、残る用心棒の浪人に横薙《よこな》ぎの一刀を閃《ひらめ》かせた。

残る用心棒の浪人は、両脚の脛《すね》を斬られて前のめりに倒れた。

狭い家の中での斬り合いに上段は禁物だ。

弥平次が両脚を斬られた浪人の刀を取り上げ、勇次が手際良く縄を打った。

久蔵は、徳兵衛と取立屋を追って裏手に進んだ。

板戸や襖が へし折られ、蹴破られた。
徳兵衛と取立屋たちは、裏口から踏み込んで来た和馬、幸吉、由松たちに行く手を阻まれていた。

久蔵は、徳兵衛たちの背後に迫った。
徳兵衛たちに逃げ場はなかった。
「金貸し徳兵衛、神妙にしろ」
和馬は怒鳴り付けた。
取立屋たちが、匕首を抜いて和馬たちに突き掛った。
「馬鹿野郎」
和馬、幸吉、由松は、取立屋たちと闘った。
雲海坊と勇次が、闘いに加わった。
取立屋たちは、次々に倒された。
和馬、幸吉、由松、雲海坊、勇次は、取立屋たちを容赦なく叩き伏せた。
取立屋たちは、血と悲鳴を撒き散らしてのたうち廻った。
徳兵衛は、恐怖に震えるのも忘れたかのように呆然と立ち竦んだ。
「これ迄だな、徳兵衛……」
弥平次は、徳兵衛の肩を十手で抑えた。
徳兵衛は、その場にへたり込んだ。
幸吉と由松は、徳兵衛に素早く縄を打った。

徳兵衛はすすり泣いた。

「徳兵衛、悔やむなら手前のあくどさを悔やむんだな……」

久蔵は冷たく笑った。


金貸しの徳兵衛は、高利の借金を返せない者の子供を女衒の蓑吉を通じて売り飛ばした罪で厳しく仕置された。

久蔵は、徳兵衛に売り飛ばされた子供たちを親元に返すように手配りした。そして、徳兵衛の許にあった借用証文の全てを破棄処分にした。


久蔵は、太市を供に南町奉行所に出仕した。

外濠に架かる数寄屋橋御門を渡り、曲輪《くるわ》内に入って南町奉行所に向かった。

黒木新之助が、南町奉行所の表門脇に佇んでいた。

「旦那さま……」

太市は、黒木新之助に気が付いた。

「ああ……」

久蔵は頷き、新之助の前を通って南町奉行所の表門を潜った。

新之助は、頭を下げて久蔵を見送った。

一年前、夫の吉村左内を久蔵に斬られたおさわが、黒木新之助とこれからどうするかは久蔵の与《あずか》り知らぬ事だ。

満開の桜の花びらが舞い散り、後始末は終わった。

第四話

大禍時《おおまがとき》

一

卯月《うづき》——四月。
亀戸《かめいど》天神の藤や谷中天王寺《てんのうじ》の牡丹《ぼたん》の花が咲き、町には行商の初鰹《はつがつお》売りや蚊帳《かや》売りが現れる季節だ。

大禍時《おおまがとき》に娘が消える……。

若い娘が、大禍時に町から姿を消すと云う噂が立った。

「大禍時か……」

南町奉行所吟味方与力の秋山久蔵は、猪口に満たされた酒を飲んだ。

〝大禍時〟は〝逢魔が時〟とも書き、薄暗くなって禍《わざわい》の起こり易い夕暮時を云った。

「はい。それで幸吉たちにちょいと噂を調べさせたのですが……」

岡っ引の柳橋の弥平次は、久蔵の猪口に酒を注いだ。

「で、どうだった……」

久蔵は、徳利を取って弥平次の猪口に酒を満たした。

「畏れいります。そいつがどうにもはっきりしないんでして……」

弥平次は首を捻った。

「はっきりしねえ……」

久蔵は、猪口を持つ手を口元で止めた。

「はい。姿を消した娘の身許を追って行くと、どうも最後はあやふやになるそうでして……」

「あやふや……」

「はい。姿を消した娘が何処の誰かはっきりしなくなるとか……」

弥平次は、猪口の酒をすすった。

「そいつは妙だな」

久蔵は眉をひそめた。

「ええ。それで、とどのつまり、噂は只の噂かと……」

「だが、只の噂にしても、言い出しっぺはいる筈だ。そいつが誰で、言い出したのに何か狙いはあるのか……」

久蔵は、手酌で酒を飲んだ。

「何か裏がありますか……」

弥平次は、厳しさを過ぎらせた。

「大禍時に消える娘。只の噂にしちゃあ、良く出来ていると思ってな」

久蔵は苦笑した。

「分りました。幸吉たちにもう少し探らせてみます」

「うむ……」

久蔵と弥平次は酒を飲んだ。

「旦那さま……」

香織が、新しい酒を持って来た。

「うむ……」

香織は、久蔵に酒の酌をし、弥平次に徳利を向けた。

「どうぞ……」

「こいつは畏れいります」

弥平次は恐縮した。

「いいえ。それで親分さん、おまきさんやお糸ちゃんにお変わりはございませんか……」

香織は、船宿『笹舟』の女将のおまきと養女のお糸の様子を尋ねた。

「はい。お陰さまで達者にしております」

「それは何よりにございます」

香織は微笑んだ。

「ありがとうございます」

「そろそろ暖かくなりましたので、おまきさんに大助を見せに行きたいと思っております」

「そいつは、おまきも大喜びです。お待ちしております」

「はい。それではごゆるりと……」

香織は、弥平次に挨拶をして久蔵の部屋を後にした。

「それから親分、世間は大禍時に娘が消える噂で持ち切りのようだが、他にも噂、あるかどうかをな……」

「他にもですか……」

弥平次は、戸惑いを浮べた。

「ああ、いつもなら気になるが、大禍時に娘が消えるって噂の陰に隠れちまっている奴だ」

久蔵の眼が鋭く輝いた。

大禍時に娘が消える噂は、他の噂を隠す為に作為的に立てられた噂なのかもしれない。

もしそうなら、隠そうとされている噂は何なのか……。

久蔵の睨みは広がった。

「分りました。そいつも調べてみます」

弥平次は頷いた。

「うむ……」

久蔵は、手酌で酒を飲んだ。


大禍時に娘が消える噂は、その後も江戸の町に流れ続けた。

弥平次は、幸吉、由松、勇次に引き続き噂を追わせ、雲海坊と陰に隠れている噂の洗い出しを急いだ。だが、陰に隠れた噂に気になるものは、中々浮かばなかった。

弥平次たちは、江戸の町を巡り続けた。

大禍時に娘が消える噂は、途切れる事なく広がり続けた。

幸吉たちは噂を追い続け、大禍時に消えたとされる娘に漸く近付いた。

外濠に架かる四ッ谷御門前、麹町《こうじまち》十一丁目に菓子屋『秀月堂《しゅうげつどう》』があった。

菓子屋『秀月堂』は、羽二重餅《はぶたえもち》を入れた最中が名物とされ、大名家や大身旗本家の御用達《ごようたし》を勤める老舗《しにせ》だった。

その『秀月堂』の十八歳になる娘のおゆりが、半年前に亡き実母の墓参りに行き、大禍時に行方知れずになったとの噂があった。

幸吉と勇次は、菓子屋『秀月堂』の周辺に聞き込みを掛けた。

周辺の者たちは、『秀月堂』の娘おゆりが大禍時に行方知れずになった事を良く知っていた。

「どうやら間違いないようですね」

勇次は、喜び勇んだ。

「うん……」

幸吉と勇次は、幾つもの噂を追って漸く本当に姿を消した娘に辿《たど》り着いた。

「で、これからどうします」

「俺たち風情がいきなり行って、旦那がいろいろ話してくれるかどうか……」

幸吉は眉をひそめた。

「じゃあ、先ずは親分に報せてからですか」

「うん。勇次、一っ走りしてくれ。俺は姿を消したおゆりってのがどんな娘だったか、引き続き聞き込みを続けるぜ」

「承知。じゃあ、御免なすって……」

勇次は、外濠沿いの道を市ヶ谷御門に向かって威勢良く走り出した。

幸吉は見送り、聞き込みを続けた。

弥平次は、勇次の報せを受けて久蔵の許に急いだ。

「ほう。大禍時に消えた娘、突き止めたか」

「はい。幸吉と勇次が……」

「本当にいたとはな……」

久蔵は、厳しさを過ぎらせた。

「はい。麴町の秀月堂と云う菓子屋の娘です」

「秀月堂ってのは、確か大名家や大身旗本家に出入りを許されているって老舗だな」

「はい。これから行ってみようと思いますが、秋山さまは……」

「ああ。俺も行くぜ」

久蔵は、気軽に腰をあげた。

数寄屋橋御門内にある南町奉行所から四ッ谷御門に行くには、霞ヶ関を抜けて内濠に架かる半蔵門から続く道に出るのが早い。

久蔵と弥平次は、勇次を従えて麴町十一丁目に急いだ。


久蔵、弥平次、勇次は、半蔵門から続く道から四ッ谷御門を出た。

麴町十一丁目の木戸番に幸吉はいた。

久蔵、弥平次、勇次は、幸吉と合流した。

「こりゃあ、秋山さま……」

幸吉は、久蔵が来たのに戸惑った。

「御苦労だったな、幸吉……」

久蔵は労った。

「いいえ」

「幸吉、秀月堂の旦那はいるのかい……」

弥平次は尋ねた。

「はい」

「処で幸吉、大禍時に消えた秀月堂の娘。どんな娘なんだ……」

久蔵は、厳しさを過ぎらせた。

「名前はゆり、十八歳でしてね。姿を消した半年前迄、高家《こうけ》一色左京太夫《いっしきさきょうだゆう》さまのお屋敷に行儀作法見習の奉公にあがっていたそうです」

「高家の一色左京太夫……」

久蔵は、思わぬ名前が出て来たのに戸惑った。

「はい」

幸吉は頷いた。

高家とは幕府の儀式典礼を司り、老中の支配下にあった。石橋、吉良《きら》、品川、武田、畠山、織田、六角など足利以来の二十六の名家が世襲していた。

二十六家の中でも家格の高い三家が肝煎となり、他は表高家と称された。高家の禄高は五千石以下だが、朝廷や公家と接するので官位は高く、江戸城内での詰所は譜代大名と同じ雁《かり》の間であり、町奉行の上とされていた。

高家で名高いのが、赤穂《あこう》浪士に討ち入りされた吉良義央《よしなか》である。

菓子屋『秀月堂』の娘のおゆりは、表高家である一色家に奉公していた。そして、宿下がりをし、実母の墓参りをした日の大禍時に忽然《こつぜん》と姿を消したのだ。

「母親の墓参りをした日にか……」

「はい。母親の墓は千駄《せんだ》ヶ谷《や》の瑞圓寺《ずいえんじ》にあるそうです」

千駄ヶ谷の瑞圓寺は、麴町の通りを西に向かい、四ッ谷大木戸の手前の道を南に曲がって進むとあり、麴町十一丁目の菓子屋『秀月堂』から遠くはない。

「で、おゆりの供は……」

「女中と下男が。そして、おゆりは、瑞圓寺の住職に挨拶をして墓参りを終え、そのままいなくなったとか……」

幸吉は告げた。

「幸吉、そいつは誰に聞いたんだ」

久蔵は、微かな戸惑いを覚えた。だが、その戸惑いが何故かは分からなかった。

「そいつが秋山さま、近所の者たちの殆どが知っていましてね。どうも、秀月堂の奉公人から洩れたようです」

「そうか……」

「秋山さま……」

弥平次は促した。

「うむ。とにかく秀月堂の主《あるじ》に逢ってみるか」

久蔵は、弥平次、幸吉、勇次を従えて菓子屋『秀月堂』に向かった。


菓子屋『秀月堂』は繁盛していた。

久蔵は、番頭に見送られて出て来た若い侍を見て足を止めた。

弥平次、幸吉、勇次は戸惑った。

久蔵は、塗笠を被って立ち去って行く若い侍を見つめていた。

「秋山さま……」

弥平次は、怪訝な眼を久蔵に向けた。

「幸吉、勇次、あの侍の行き先、突き止めてくれ」

久蔵は、厳しい面持ちで立ち去って行く若い侍を見据えながら命じた。

「は、はい。じゃあ……」

幸吉は、戸惑いながらも勇次と一緒に若い侍を追った。

「御存知の人ですか……」

弥平次は眉をひそめた。

「北町に似た面の臨時廻り同心がいてな……」

久蔵は苦笑した。

「北町の……」

弥平次は、眉間に険しさを過ぎらせた。

「さあ、行くぜ」

久蔵は、弥平次を促して菓子屋『秀月堂』の暖簾を潜った。


奥座敷は静寂に包まれ、菓子の甘い香りが仄かに漂っているように思えた。

「秀月堂の主、宗右衛門《そうえもん》にございます。これに控えますのは、番頭の富次郎《とみじろう》……」

宗右衛門は、背後に控えている番頭の富次郎を引き合わせた。

番頭の富次郎は、緊張した面持ちで頭を下げた。

「俺は南町奉行所の秋山久蔵、それから柳橋の弥平次だ」

久蔵は名乗り、弥平次を引き合わせた。

弥平次は、宗右衛門と富次郎の反応を探るように見据えて挨拶をした。

「お二方のお噂は、かねがねお伺い致しております」

宗右衛門は、微かな緊張を滲ませた。

「その噂だがな宗右衛門……」

久蔵は、宗右衛門を見据えた。

「はい……」

宗右衛門の眼に怯えが過ぎった。

「娘のおゆり、半年前に母親の墓参りに行き、行方知れずになったそうだな」

久蔵は、宗右衛門と富次郎の反応を見つめながら尋ねた。

「は、はい……」

宗右衛門は、哀しげに頷いた。

「そいつは町奉行所に届け出たのかな」

「はい。月番の北町奉行所に。ですが……」

宗右衛門は、諦めたように俯いた。

「行方知れずのままか……」

「はい。おゆりは今噂の大禍時にいなくなったのでございます」

宗右衛門は、滲む涙を拭った。

「で、おゆり、行方知れずになる前、何か変わった様子や気配はなかったかい」

「それが、御存知かも知れませんが、おゆりは高家一色さまのお屋敷に行儀作法の見習奉公にあがっておりまして、あの日も前の夜に宿下がりをして来まして、大した話もしない内に……」

「墓参りに行って行方知れずになったか……」

「左様にございます」

宗右衛門は、吐息混じりに頷いた。

「富次郎はどうだ」

久蔵は、不意に番頭の富次郎に尋ねた。

「は、はい。手前も何も……」

富次郎は、微かに狼狽えて喉を震わせた。

「そうか……」

久蔵は頷いた。

沈黙が湧いた。

久蔵は、弥平次を一瞥した。

「番頭さん、おゆりさんの墓参り、お供は誰ですかい」

弥平次は尋ねた。

「はい。女中のおまちと下男の与吉《よきち》にございますが……」

「そうですか。じゃあ、そのおまちと与吉にちょいと逢わせて貰いましょうか」

弥平次は微笑んだ。

「は、はい……」

「じゃあ秋山さま……」

弥平次は、久蔵に頷いて見せた。

「ああ。俺は先に戻っているぜ」

久蔵は、弥平次を一瞥した。

「はい……」

弥平次は、小さな笑みを浮べた。

「じゃあ宗右衛門、造作を掛けたな」

久蔵は立ち上がった。

外濠は陽差しに煌めいていた。

塗笠を被った若い侍は、外濠沿いの道を進んで市ヶ谷御門前を左内坂《さないざか》に進んだ。

幸吉と勇次は、二手に別れて慎重に尾行た。

塗笠を被った若い侍は、迷いのない足取りで左内坂から尾張家江戸上屋敷の裏手を抜け、牛込、早稲田から高田馬場に向かった。

幸吉と勇次は、時々入れ替わりながら尾行を続けた。

塗笠を被った若い侍は、高田馬場を抜けて江戸川に架かっている姿見橋《すがたみばし》を渡った。

このまま進めば雑司《ぞうし》ヶ谷《や》だ……。

幸吉は、塗笠を被った若い侍の行き先を読みながら尾行した。

道の左右に広がる田畑は陽差しに溢れ、鮮やかな緑が微風に揺れていた。

菓子屋『秀月堂』の下男の与吉と女中のおまちは、怯えを露わにしていた。

「まあ、気楽にしてくれ……」

弥平次は、与吉とおまちを裏庭の井戸端に呼び出し、話を聞き始めた。

「へ、へい……」

与吉とおまちは、強張った笑みを浮べた。

「おゆりさんのお供で千駄ヶ谷の瑞圓寺に行く時、誰かに尾行られているとか、見張られている気はしなかったかい」

「はあ、別に……」

与吉は首を捻り、おまちは眉をひそめた。

「そうか。で、おゆりさんが瑞圓寺の御住職に挨拶に行った時、お前さんたちは……」

「先に奥さまのお墓に行き、掃除などを……」

与吉は、同意を求めるようにおまちを見た。

おまちは頷いた。

「で、おゆりさんは墓参りを終えた……」

弥平次は、与吉とおまちに話を促した。

「はい。それで、手前たちが後片付けをしている内に……」

与吉は、言葉を詰まらせた。

「おゆりさま、いなくなったんです」

おまちはすすり泣いた。

「そいつが夕暮れだったのかい……」

「はい。大禍時にございました」

与吉は、恐ろしげに声を震わせた。

弥平次は、勝手口の陰に番頭の富次郎がいるのに気付いた。

二

弥平次は、菓子屋『秀月堂』の裏手から店先に出た。
秋山さまが何処かで待っている筈だ……。
弥平次は辺りを見廻した。
しゃぼん玉が七色に輝いて飛んでいた。
弥平次は、しゃぼん玉の出所を探した。
しゃぼん玉売りの由松が、『秀月堂』の斜向かいの蕎麦屋の二階の窓辺で会釈をした。
弥平次は、蕎麦屋に向かった。
蕎麦屋の二階の座敷には、久蔵としゃぼん玉売りの由松がいた。
「御苦労さまです」
由松が、弥平次に茶を淹れて差し出した。

「うん……」

弥平次は茶をすすった。

由松は、やはり大禍時に消えた娘の噂を追い、菓子屋『秀月堂』に来て久蔵に出逢った。

「で、どうだった……」

久蔵は、弥平次を促した。

「そいつが、下男の与吉と女中のおまち、おゆりさんがいなくなった後先、話してくれたんですがね。何か怯えているような……」

「怯えている……」

久蔵は眉をひそめた。

「ええ。それからあっしが与吉とおまちに訊いているのを、番頭の富次郎が密かに窺っていましたよ」

「番頭の富次郎が……」

「はい……」

弥平次は、小さな笑みを浮べた。

「となると、秀月堂から眼を離さない方が良さそうだな」

「ええ。聞いての通りだ、由松……」

弥平次は、由松に見張りを命じた。

「承知しました」

由松は窓辺に寄った。

「よし。俺は高家一色左京太夫を調べてみる」

「一色さまを……」

弥平次は眉をひそめた。

「ああ。表高家一色左京太夫、いろいろ噂のある奴でな……」

久蔵は、微かな嘲りを滲ませた。

「じゃあ……」

「ああ。大禍時に娘が消える噂、秀月堂のおゆりの件に絞るぜ」

「分りました。じゃあ、雲海坊を行かせます」

「頼む……」

久蔵は、不敵な笑みを浮べた。

塗笠を被った若い侍は、姿見橋からの道を進んで下雑司ヶ谷に出た。

幸吉は物陰に潜んだ。

勇次が、背後から並んだ。

「さあて、雑司ヶ谷の何処に行くのか……」

勇次は、塗笠を被った若い侍の行き先を読んだ。

「まさか、鬼子母神にお参りって事はないだろう……」

幸吉は睨んだ。

塗笠を被った若い侍は、雑司ヶ谷四家町に進んだ。

四家町の奥には、法明寺鬼子母神がある。

「このまま行けば鬼子母神ですね……」

勇次は苦笑した。

「まだまだ……」

幸吉と勇次は追った。


「表高家の一色左京太夫さま……」

南町奉行所定町廻り同心の神崎和馬は、眉をひそめた。

「ああ。何人もの側室を抱えた女好きで名高い年寄りだ」

久蔵は苦笑した。

「その一色さまの身辺を探るのですか……」

「うむ。側室の事と近頃、屋敷に変わった事はなかったかをな……」

「秋山さま……」

「和馬、こいつは大禍時に娘が消える噂と拘わりがある」

「大禍時の噂と……」

和馬は驚いた。

「ああ……」

久蔵は、厳しい面持ちで菓子屋『秀月堂』の娘おゆりの一件を和馬に説明した。

和馬は、喉を鳴らして聞いた。

「分りました。これから一色家の屋敷に探りを入れてみます」

和馬は、久蔵の話を聞き終えて楽しげな笑みを浮べた。

表高家一色左京太夫の屋敷は、永田町にある日吉《ひよし》山王《さんのう》大権現社《だいごんげんしゃ》門前町の横手にあった。

和馬は、南町奉行所にやって来た雲海坊と永田町の一色屋敷に急いだ。

雑司ヶ谷鬼子母神の子育て銀杏《いちょう》は、梢の葉を微風に鳴らしていた。

幸吉は、鬼子母神の境内に潜み、緑の田畑の中にある雑木林を背にした大きな百姓家を見張っていた。

塗笠を被った若い侍は、大きな百姓家に入ったままだった。

「幸吉の兄貴……」

勇次が、聞き込みから戻って来た。

「どうだった……」

「はい。あの百姓家、元は大百姓の家だったんですが、別な処に建て直しましてね。空き家になったのを大店の旦那が買い取り、手を入れて寮にしたそうですぜ」

勇次は告げた。

「その大店、菓子屋の秀月堂かな……」

幸吉は読んだ。

「そいつは未だです……」

「そうか。で、住んでいるのは……」

「いつもは留守番の老夫婦が暮らしており、時々店の者が来ているとか……」

「って事は、それが秀月堂の寮なら、あの侍も秀月堂と拘わりがあるって訳か……」

幸吉は思いを巡らせた。

「兄貴……」

勇次は、百姓家から塗笠を被った若い侍が出て来るのに気付き、物陰に隠れた。

幸吉が続いた。

塗笠を被った若い侍は、大きな百姓家から田舎道に出て雑司ヶ谷四家町に向かった。

「よし。後を追う。此処を頼む」

「承知……」

勇次は頷いた。

幸吉は、塗笠を被った若い侍を再び尾行して行った。

勇次は、大きな百姓家を見張った。

外桜田の大名家上屋敷街は静寂に覆われていた。

和馬と雲海坊は、外桜田から霞ヶ関を抜けて永田町に出た。

日吉山王大権現社門前町は、大名屋敷に囲まれた小さな町だった。

表高家一色左京太夫の屋敷は、その門前町の隣にあった。

和馬と雲海坊は、一色屋敷の様子を窺った。

表高家には職事がなく、一色屋敷に出入りする者は少なかった。

和馬と雲海坊は、山王大権現社門前町の茶店に入った。

「おいでなさいませ」

茶店の年増の女将が、和馬と雲海坊を愛想良く迎えた。

「やあ。茶を貰おうか……」

「畏まりました」

町奉行所同心が、大名や旗本家の屋敷が連なる永田町に来る事は滅多にない。着流しに巻羽織の侍が、町奉行所同心なのは直ぐに知れる。

年増の女将は、和馬と雲海坊に茶を差し出しながら和馬に物珍しそうな眼を向けた。

「旦那、お役目ですか……」

「まあな……」

和馬は、年増の女将に笑顔を向けた。

「へえ。お役目ですか……」

年増の女将は、興味津々《しんしん》に眼を輝かせた。

話し好きの年増女……。

雲海坊は睨み、年増の女将に素早く小粒を握らせた。

「あらま……」

年増の女将は戸惑った。

「ちょいと訊きたい事があってね。旦那……」

雲海坊は和馬を促した。

「うん。女将、そこの一色さま。いろいろ噂を聞くが、本当かな」

和馬は訊いた。

「女好きで、側室が何人もいるって噂ですか」

年増の女将は、小粒を握り締めて苦笑した。

「ああ……」

「それは噂通りですよ」

年増の女将は、面白そうに囁いた。

雲海坊の睨みは当たった。

「やっぱりね」

「ええ。今も同じ屋根の下に五人いるって話ですよ」

「五人も……」

和馬は眼を剝いた。

「そいつは羨ましいな」

雲海坊は、涎《よだれ》を垂らさんばかりに相好《そうごう》を崩した。

「あらま、大した生臭坊主だこと……」

年増の女将は、賑やかに笑った。

「処で女将さん、一色さまのお屋敷におゆりって名の行儀作法見習の腰元がいたのを覚えているかな」

雲海坊は訊いた。

「ええ。覚えていますよ」

年増の女将は、微かに眉をひそめた。

「そのおゆり、半年前に宿下がりをして行方知れずになったのは……」

「聞きましたよ。大禍時にいなくなったって噂……」

年増の女将は、恐ろしそうに眉をひそめた。

大禍時に娘が消える噂は、永田町の武家屋敷街にも広まっていた。

「あの時は、一色さまの御家来衆も大変だったんですよ」

「一色さまの御家来衆が……」

和馬は戸惑った。

「ええ。御家来衆、おゆりさん捜しに毎日駆り出されましてね……」

一色家の家来たちは、行方知れずになった行儀作法見習の腰元を捜した。

滅多にない事だ……。

和馬と雲海坊は、違和感を覚えた。

「そいつは又、どうしてかな」

「そりゃあ、決まっているじゃありませんか、お殿さまがおゆりさんを気に入り、側室にしようとしていたからですよ」

年増の女将は、声をひそめて囁いた。

表高家一色左京太夫は、行儀作法見習の腰元おゆりを側室にしようとしていた。

「そう云う事か……」

和馬と雲海坊は、感心したように頷いた。

「それで、一色のお殿さま、おゆりさんが側室になるのを嫌がって逃げたと言い出し、御家来衆に捜させたんですよ」

「そいつは又、執念深い色爺いだな……」

雲海坊は呆れた。

「ええ。大禍時に消えた娘は、おゆりさんの他にも大勢いるのにねえ。色惚《いろぼ》けしてんですよ、一色のお殿さま……」

年増の女将には、表高家に対する遠慮も尊敬もなかった。

「で、今でも家来におゆりを捜させているのかな。一色さまは……」

「人数はぐっと減らしたそうですが、こっそり続けているらしいですよ」

年増の女将は頷いた。

「お邪魔しますよ」

山王大権現の参拝客が茶店を訪れた。

「いらっしゃいませ……」

年増の女将は、新しい客の許に行った。

「和馬の旦那……」

雲海坊は眉をひそめた。

「ああ……」

和馬は、厳しい面持ちで頷いた。

夕暮れ時、塗笠を被った若い侍は、雑司ヶ谷を出て神楽坂《かぐらざか》から神田を抜け、日本橋に向かっていた。

幸吉は追った。

日本橋の通りには、仕事仕舞いの時が近付いて忙しさが漂っていた。

塗笠を被った若い侍は、室町三丁目の浮世《うきよ》小路《こうじ》を曲がり、西堀留川に架かる雲母橋《きらずばし》の袂の雨戸を閉めた小体《こてい》な店に入った。

幸吉は見届け、小体な店が何屋か聞き込みを掛けた。

雨戸を閉めた小体な店は瓦版屋《かわらばんや》だった。

瓦版屋……。

塗笠を被った若い侍は、大戸を閉めている瓦版屋に入った。それは、深い拘わりがある証だ。

幸吉は思いを巡らせた。

僅かな刻が過ぎた。

瓦版屋の潜り戸から、着流しで巻羽織の町奉行所同心が出て来た。

幸吉は戸惑った。

町奉行所同心は、塗笠を被った若い侍だった。

こいつは……。

幸吉の戸惑いは、困惑と混乱に変わった。


町奉行所の同心は、浮世小路から日本橋の通りに戻り、日本橋を渡った。そして、日本橋川沿いを外濠に向かった。

北町奉行所の同心……。

幸吉の親分の弥平次は、久蔵や和馬から手札を貰って南町奉行所に出入りしており、北町奉行所に親しい同心は少なかった。

同心は、馴れた足取りで外濠に架かる呉服橋を渡った。そして、北町奉行所の門番の挨拶を受けて表門を潜った。

北町奉行所の同心に間違いない……。

幸吉は見定めた。

「おう。幸吉じゃあねえか……」

役者崩れの鶴次郎《つるじろう》が、緋牡丹の絵柄の半纏を翻して表門から出て来た。

「こりゃあ鶴次郎さん……」

鶴次郎は、弥平次や幸吉たちが親しく付き合っている北町奉行所臨時廻り同心白縫半兵衛《しらぬいはんべえ》の手先として働いている男だ。

幸吉は、鶴次郎に駆け寄った。

「北町に来るとは、珍しいな」

鶴次郎は迎えた。

「今入って行ったあの若い同心の旦那、何方《どなた》ですかい……」

幸吉は、若い同心の後ろ姿を示した。

「ああ。あの旦那は臨時廻りの藤森源吾《ふじもりげんご》さんだぜ」

鶴次郎は、若い同心を振り返った。

「藤森源吾の旦那……」

塗笠を被った若い侍は、北町奉行所臨時廻り同心の藤森源吾だった。

「どうかしたのか、藤森の旦那……」

鶴次郎は眉をひそめた。

「ええ。ちょいと……」

幸吉は眉を曇らせた。

大禍時が訪れ、北町奉行所は薄暗さに覆われた。

燭台の明かりは微かに揺れた。

「表高家の一色左京太夫、噂通りの色惚け振りだな」

久蔵は苦笑した。

「はい。孫のようなおゆりを側室にしようとは、年甲斐のない爺いですよ」

和馬は呆れていた。

「ああ。で、おゆりは側室になるのを嫌がっていたんだな」

「はい……」

「そして、宿下がりをして母親の墓参りに行き、大禍時に消えた……」

「そうなります」

「一色左京太夫、消えたおゆりを家来たちに捜させたか……」

「はい。今でも密かに捜させているそうです。一色さまは、どうも父親の秀月堂宗右衛門が娘のおゆりを側室にしたくなく、隠したと思っているようですね」

「うむ……」

「ですが、大禍時に消えた娘は、おゆり一人じゃありません。一色さま、何を血迷っているのか、家来もたまりませんよ」

和馬は嘲笑した。

「旦那さま……」

庭先に太市がやって来た。

「どうした、太市……」

「はい。幸吉さんがお見えです」

「入って貰ってくれ」

「はい……」

太市は、庭から出て行き、幸吉を伴って戻った。

「夜分、畏れいります」

幸吉は、庭先に控えた。

「遠慮は無用だ。上がってくれ。太市、香織に酒を頼んでくれ」

「畏まりました」

「さあ、幸吉……」

「畏れいります」

幸吉は、和馬に目礼して座敷の隅に控えた。

「で、塗笠の若い侍の行き先、突き止めたか」

「はい。雑司ヶ谷は鬼子母神の傍の寮に……」

「鬼子母神の寮……」

「はい。それからその侍ですが、北町奉行所臨時廻り同心の藤森源吾さまでした」

「ほう……」

久蔵は、小さな笑みを浮べた。

燭台の明かりが瞬いた。

三

暮六つ（午後六時）が過ぎ、内濠や外濠に架かる三十六の見附門は閉じられた。

雲海坊は、日吉山王大権現社門前町の茶店から一色屋敷を見張っていた。

和馬は、茶店の年増の女将に頼んで店先を借り、雲海坊と一色屋敷を見張る事にした。そして、雲海坊を残し、久蔵に聞き込みの結果を報せに行った。

雲海坊は見張った。

一色屋敷表門脇の潜り戸から二人の家来が出て来た。

二人の家来は大きな吐息を洩らし、重い足取りで赤坂御門に向かった。

何処に行く……。

雲海坊は気になった。そして、尾行する事に決めて茶店を出た。


赤坂御門は三十六見附御門の一つであり、既に閉められていた。

二人の家来は、閉められた赤坂御門の前を通り、紀州徳川家と近江国《おうみのくに》彦根藩の江戸中屋敷の間の道を進み、尾張徳川家の江戸中屋敷前の坂道に出た。

坂道は、紀州家、尾張家、井伊家の中屋敷の間にある事から紀尾井坂《きおいざか》と称されていた。

二人の家来は、紀尾井坂を下って内濠の喰違《くいちがい》に向かった。そして、喰違で内濠を越えて四ッ谷御門に向かった。

菓子屋『秀月堂』に行くのか……。

雲海坊は追った。

二人の家来は、内濠沿いを進んで四ッ谷御門前に出た。

四ッ谷御門も既に閉められており、二人の家来は麴町十一丁目に向かった。

やはり菓子屋『秀月堂』に行く……。

雲海坊は睨んだ。

由松は、斜向かいの蕎麦屋の二階の座敷を借り、菓子屋『秀月堂』を見張っていた。

菓子屋『秀月堂』は、娘のおゆりが大禍時に消えて以来、店を早く閉めていた。

連なる屋根の向こうに見える内濠に月明かりが映えていた。

二人の侍の姿が、月明かりの映える内濠に浮かんだ。

由松は眼を凝らした。

二人の侍は、月明かりの映える内濠を背にしてやって来た。そして、二人の背後に饅頭笠《まんじゅうがさ》を被った托鉢坊主がやって来た。

雲海坊の兄貴……。

由松は戸惑った。

一色家の二人の家来は、大戸を閉めている菓子屋『秀月堂』の様子を窺った。

菓子屋『秀月堂』に変わった様子は窺えなかった。

二人の家来は、『秀月堂』の前にある小料理屋に入った。

雲海坊は、物陰の暗がりから見届けた。

「兄貴……」

雲海坊は、背後からの声に弾かれたように振り返った。

由松が背後に現れた。

「あっしですぜ」

「何だ。由松か……」

雲海坊は、安堵を過ぎらせた。

「はい。秀月堂を見張っていましてね。あの侍たちは……」

由松は、小料理屋を示した。

「表高家一色左京太夫の家来だぜ」

「おゆりが行儀作法の見習奉公に行っていたお屋敷ですね」

「ああ。左京太夫がおゆりを側室にしたがっていてな……」

「おゆりを側室に……」

由松は眉をひそめた。

雲海坊は、一色左京太夫のおゆりへの執心を教えた。

「おゆり、酷え狒々《ひひ》爺《じじ》いに見込まれちまったもんだ……」

由松は苦笑した。

「ああ、気の毒な話だ」

雲海坊は、おゆりに同情した。

「じゃあ、奴ら……」

由松は、二人の家来の入った小料理屋を一瞥した。

「きっと、おゆりが隠れているかどうか、探りに来たんだろうな」

雲海坊は睨んだ。

「分りました。あっしが小料理屋に潜り込んでみます。あの蕎麦屋の二階で腹拵えをしていてください」

「そいつは助かるぜ」

雲海坊は笑った。

「いらっしゃいませ」

由松は、若い女将に迎えられた。

「邪魔するよ」

小料理屋の入れ込みは衝立《ついたて》で仕切られ、何組かの客がいた。

二人の家来は、奥の衝立の陰にいた。

由松は、二人の家来の隣に座り、女将に酒と筍《たけのこ》の付け焼きを頼んだ。

「畏まりました」

女将は板場に入った。

由松は、隣の一色家の家来たちの話に耳を澄ませた。だが、二人は言葉を交わす事もなく、黙って酒をすすっていた。

女将が、徳利と料理を持って板場から出て来た。

「お待たせ致しました。どうぞ……」

女将は、由松に猪口を渡して酒を満たした。

「忝ねえ……」

由松は、嬉しげに酒をすすった。

「じゃあ、ごゆっくり……」

女将は、料理を持って隣の家来たちの許に行った。

「白魚と豆腐の煮付けです」

女将が、二人の家来の前に白魚と豆腐の煮付けを置いた。

「うむ。で、女将、秀月堂におゆりがいる様子はないんだな」

「はい……」

女将は頷いた。

「隠れ潜んでいる気配もないか……」

「私の見た限りでは……」

「そうか……」

「加藤《かとう》、まあ、飲もう……」

家来の一人が、もう一人を加藤と呼んで酒を注いだ。

「すまんな。横塚《よこづか》……」

加藤は、横塚の注いでくれた酒を飲んだ。

加藤、横塚の二人の家来は、小料理屋の女将に金を渡し、菓子屋『秀月堂』の見張りを頼んでいた。

「じゃあ女将、秀月堂に格別変わった事はないんだな」

「それなんですがね、旦那方。今日、南町奉行所の与力と岡っ引が来たそうですよ」

「与力と岡っ引……」

「ええ。何でも大禍時に消えた娘を調べているとか……」

「そうか……」

加藤と横塚は、吐息を洩らした。

「女将……」

他の客が女将を呼んだ。

「はい。只今……」

女将は、返事をして客の許に行った。

加藤は、猪口の酒を飲み干して深々と吐息を洩らした。

「いい加減にして貰いたいものだ……」

横塚は、腹立たしげに酒を飲んだ。

「まったく、殿の女好きにも困ったものだ」

「御用人がお諫《いさ》めくだされぱいいものを……」

「それで、大人しくなる殿でもあるまい」

加藤と横塚はぼやいた。

由松は、酒を飲みながら衝立越しに加藤と横塚の話を聞いた。

おそらく一色家の家来たちは、左京太夫のおゆりへの執心に呆れ、苛立ちを覚えているのだ。

由松は、一色家の家来たちに微かな哀れみを覚えた。


八丁堀組屋敷街は静かな朝を迎えた。

久蔵は、香織の給仕で朝餉《あさげ》を終えて茶を飲み始めた。

「旦那さま……」

老下男の与平が、見計らったように庭先にやって来た。

「おう。どうした」

久蔵は、微かに戸惑った。

屋敷を訪れる者の取次ぎは、今は太市の仕事になっている筈だ。

「はい。知らん顔の半兵衛さんがお見えです」

与平は、皺だらけの顔を懐かしそうに綻ばせた。

「そうか、半兵衛が来たか……」

久蔵は苦笑した。

「はい」

「通してくれ」

「畏まりました」

〝知らん顔の半兵衛〟とは、北町奉行所臨時廻り同心の白縫半兵衛の渾名であり、久蔵が信頼している男の一人だった。

半兵衛は、連なる組屋敷の者たちに知られるのを嫌い、朝早く秋山屋敷を訪れたのだ。

久蔵は、そこに半兵衛の〝知らん顔〟の渾名の意味の欠片《かけら》を見た。

「御無沙汰致しました。朝早くから申し訳ありません」

白縫半兵衛が、木戸を潜って庭先に入って来た。

「久し振りだな。まあ、あがってくれ」

「お邪魔します」

半兵衛は、座敷にあがって久蔵と向かい合った。

「用ってのは、藤森源吾の事かい……」

「はい。鶴次郎から聞きましてね」

「そうか……」

久蔵と半兵衛に駆引きはなかった。

「で、うちの藤森源吾が何を……」

「うむ。大禍時に娘が消える一件だよ」

久蔵は隠さなかった。

「大禍時に娘が消える件ですか……」

半兵衛の眼が鋭く光った。

「ああ。消えた娘の中に麴町の菓子屋秀月堂の娘もいてな」

「麴町の菓子屋秀月堂とは、大名旗本家の御用達の……」

半兵衛は、菓子屋『秀月堂』を知っていた。

「ああ……」

「その秀月堂の娘の件に藤森が……」

半兵衛は眉をひそめた。

「ああ……」

久蔵は頷き、半兵衛に藤森源吾が同心であるのを隠して動いている事を教えた。

「雑司ヶ谷の寮に、雲母橋の瓦版屋ですか……」

半兵衛は吐息を洩らし、若い同僚である藤森源吾を心配した。

「うむ。今、幸吉が見張りに付いてるよ」

「そうですか……」

半兵衛は眉を曇らせた。

香織が、茶を持ってやって来た。

「おいでなさいませ、半兵衛さま……」

「朝早くから申し訳ございません」

「いいえ。粗茶にございます」

香織は、半兵衛に茶を差し出した。

「御造作をお掛け致します」

「では、ごゆるりと……」

香織は、半兵衛の朝の訪問が役目に拘わる事だと判断し、早々に座敷を出て行った。

「秋山さま、構わなければ藤森源吾、私に調べさせては戴けませんか……」

半兵衛は、両手を突いて頼んだ。

「半兵衛、大禍時に娘が消えるって噂。おそらく火元は藤森源吾……」

久蔵は、厳しさを過ぎらせた。

「秋山さま……」

「半兵衛、噂は只の噂で始末するのが上策……」

「ならば……」

「半兵衛、藤森源吾に大禍時に娘が消える噂、からくりは知れたと云ってくれ」

久蔵は、藤森源吾の扱いを半兵衛に任せた。

「心得ました。忝のうございます」

半兵衛は、久蔵に頭を下げた。

朝の陽差しは、障子を眩しく輝かせた。


南町奉行所に出仕した久蔵を、弥平次が待っていた。

弥平次は、雲海坊と由松が摑んだ表高家一色家の家中の様子を伝えた。

「馬鹿な殿さまを持った家来は哀れなものよ」

久蔵は苦笑した。

「お武家も厳しいものですね……」

弥平次は頷いた。

「柳橋の。今朝、屋敷に知らん顔の半兵衛が来たよ」

「半兵衛の旦那が……」

「ああ……」

久蔵は、半兵衛に藤森源吾の扱いを任せた事を告げた。

「そうですか。半兵衛の旦那なら悪いようにはしないでしょう」

「うむ。柳橋の。大禍時に娘が消える噂、只の噂で終わらせるのが一番のようだな……」

「そうですが、一色左京太夫さまが大人しく引き下がりますかね」

「その時はその時。表高家一色左京太夫、町奉行所の与力風情には不足のねえ相手だぜ」

久蔵は、不敵な笑みを浮べた。


雑司ヶ谷鬼子母神の境内には、遊び廻る子供たちの歓声が響いていた。

勇次は、大店の寮である大きな百姓家を見張り続けていた。

朝、年老いた下男が表を掃除し、女房らしき老婆が井戸端で洗濯をした。

寮の留守番の下男夫婦だ。

老婆が庭先に干した洗濯物は、陽差しを浴びて風に揺れた。

勇次は、不意に戸惑いを覚えた。

風に揺れる洗濯物には、女物の淡い花模様の襦袢《じゅばん》や鮮やかな朱色の蹴出《けだ》しなどがあった。

寮で暮らしている女は、留守番の老婆しかいない筈だ。

花柄の襦袢に朱色の蹴出し……。

勇次には、とても老婆が身につける物とは思えなかった。

寮には、留守番の老下男夫婦の他に若い女がいる……。

勇次の勘は囁いた。

風が吹き抜け、大きな百姓家の周囲の田畑の緑が大きく揺れた。


水鳥は水飛沫《みずしぶき》を煌めかせて遊び、外濠の水面に幾つもの波紋を重ねていた。

北町奉行所臨時廻り同心の藤森源吾は、同心詰所に顔を出して北町奉行所を出た。

藤森は、外濠に架かる呉服橋を渡り、日本橋川沿いを日本橋に向かった。そして、日本橋の通りに出て日本橋に向かった。

日本橋は人々が忙しく渡っていた。

藤森は、日本橋を渡って室町に進み、三丁目の浮世小路を曲がった。

西堀留川の水面は鈍色に輝いていた。

雲母橋の袂の瓦版屋は、雨戸を開けて日に焼けた腰高障子を晒していた。

藤森源吾は、瓦版屋の前に佇んで周囲を鋭く窺った。

瓦版屋の周囲に不審な事はなかった。

藤森は見定め、瓦版屋に素早く入った。

四半刻が過ぎた。

瓦版屋の腰高障子が開き、袴を着けた藤森が塗笠を被って出て来た。

白縫半兵衛が、雲母橋の袂に現れた。

藤森は、驚き立ち竦んだ。

「やあ、藤森……」

半兵衛は微笑み掛けた。

「半兵衛さん……」

藤森は、声を上擦らせた。

「その形で行く処は、麴町の秀月堂かそれとも雑司ヶ谷の百姓家かな……」

「は、半兵衛さん……」

藤森は、事態を飲み込めずに混乱した。

「藤森、何をしているんだ」

半兵衛は、厳しさを過ぎらせた。

藤森は、思わず後退りをした。

岡っ引の半次《はんじ》と鶴次郎が、背後に現れた。

半兵衛は、何もかも知っているのかもしれない……。

藤森は立ち竦んだ。

「藤森、菓子屋の秀月堂の娘のおゆりが、大禍時に消えた件に拘わっているね」

「だったら、どうします……」

藤森は、嗄れた声を震わせて懸命に半兵衛を見据えた。

「藤森、下手な真似は身の破滅だよ」

半兵衛は眉をひそめた。

藤森は、怯えを過ぎらせて刀を握った。

「この一件、私の扱いじゃあなく南町の秋山さまだ」

「秋山さま……」

藤森は、満面に恐怖を漲らせた。

「ああ。秋山久蔵さまだ。秋山さまは、大禍時に娘が消える噂の真相、おそらく既に突き止めているよ」

半兵衛は、藤森に言い聞かせた。

「そ、そんな……」

藤森は身を固くした。

「噂の火元は表高家の一色左京太夫さま。そして、噂は只の噂で始末したいとね」

半兵衛は告げた。

藤森は項垂れた。

四

花柄の襦袢と朱色の蹴出しは、微風に揺れていた。

「花柄の襦袢と朱色の蹴出しか……」

幸吉は、揺れる襦袢と蹴出しを眩しげに眺めた。

「ええ。どう見たって留守番の婆さんの物じゃありませんよ」

勇次は眉をひそめた。

「ああ。良く気が付いたな、勇次。お前の云う通りだぜ」

幸吉は頷いた。

「じゃあ……」

勇次は、顔を輝かせて身を乗り出した。

「勇次、きっとお前の睨み通り若い女がいるのに違いねえ。だが、そいつが秀月堂の娘のおゆりとまだ決まった訳じゃあない」

幸吉は苦笑した。

「あっ、はい……」

勇次は落胆した。

「とにかく、どんな若い女がいるのか見定めるんだぜ」

幸吉は、励ますように告げた。

「はい……」

子育て銀杏の梢は騒めいた。

大川の流れは明るく輝いていた。

船宿『笹舟』の暖簾は、爽やかな風に揺れていた。

久蔵は、南町奉行所に迎えに来た半次と共に船宿『笹舟』の暖簾を潜った。

「おいでなさいまし」

弥平次が、帳場で迎えた。

「うむ……」

久蔵は塗笠を取った。

「お待ち兼ねですよ」

弥平次は、久蔵に奥の座敷を示した。

「そうか……」

久蔵は、帳場にあがった。


半兵衛は、藤森源吾を伴って座敷で待っていた。

「お見えです」

弥平次は、久蔵と半次を案内して来た。

「待たせたな……」

久蔵は、半兵衛と藤森に対した。

弥平次と半次が控えた。

「いえ。急にお呼び立てしまして……」

半兵衛は詫びた。

「気にする事はねえ。で……」

久蔵は苦笑し、話を促した。

「はい。藤森源吾が秋山さまにお話ししたい事があると……」

半兵衛は、身体を開いて藤森を促した。

「北町奉行所臨時廻り同心の藤森源吾にございます」

藤森は名乗り、久蔵に頭を下げた。

「藤森、俺には町方同心と云うより、只の男にしか見えねえぜ」

久蔵は、袴姿の藤森に笑い掛けた。

「秋山さま……」

藤森は、微かに戸惑った。

「藤森、この一件、お前も町方同心としてより、一人の男として動いた筈だ。そうだろう」

「はい……」

藤森は頷いた。

「よし。決して悪いようにはしねえ。いろいろ聞かせて貰うぜ」

「はい……」

藤森は、覚悟を決めたように頷いた。

「じゃあ先ずは、麴町の菓子屋秀月堂との拘わりを教えてくれ」

「その昔、私の死んだ父は、騙《かた》りに遭った秀月堂の主の宗右衛門を助け、それが縁で親しく付き合うようになり、私も……」

「付き合うようになったか……」

「はい。そして、娘のおゆりと……」

藤森は俯いた。

「恋仲になったか……」

久蔵は微笑んだ。

「はい。そして、おゆりは表高家の一色さまの屋敷に行儀作法の見習奉公にあがり……」

「殿さまの一色左京太夫に見初められ、側室に望まれたかい……」

「はい。勿論、おゆりは断わりました。ですが、一色さまはお許しくださらず、しつこく言い寄り、手込めに迄しようとしたそうです」

藤森は、口惜しげに告げた。

「おゆりは、そうした事を手紙で報せてきたのか……」

「はい。助けてくれと……」

藤森は、哀しげに顔を歪めた。

「ですが、相手は表高家。高が三十俵二人扶持の町方同心が抗った処で、叩き潰されるのは眼にみえています」

藤森は、口惜しさを滲ませた。

「それで、先ずは雲母橋の瓦版屋を使い、大禍時に娘が消える噂を江戸の町に流したか……」

久蔵は読んだ。

「はい。そして、噂が広がったのを見計らい、おゆりの亡き母親の命日に墓参りをすると宿下がりをさせました」

藤森は、大禍時に娘が消えると云う噂が狂言だと認めた。

「で、墓参りの日の大禍時におゆりを密かに匿《かくま》い、姿を消したと装ったか……」

「左様にございます……」

藤森は頷いた。

「雲母橋の瓦版屋は、又大禍時に娘が消えたと大騒ぎをした。だが、只一つ誤算だったのは、一色左京太夫の執念深さだった……」

久蔵は眉をひそめた。

「はい。一色さまは、おゆりが姿を消したのは父親の宗右衛門どのの企てだと責め、家来たちに行方を追わせたのでございます」

「父親の宗右衛門、事のからくりを知っていたんだろう」

「はい。ですが、企てたのは私です。それなのに……」

「一色は、今でもしつこく家来たちに秀月堂を探らせている……」

久蔵は嘲りを浮べた。

「はい……」

「で、おゆりは雑司ヶ谷鬼子母神の傍にある秀月堂の寮にいるんだな」

「は、はい……」

藤森は、久蔵が何もかも知っているのに驚き、微かな怯えを覚えた。

「柳橋の……」

「鬼子母神には幸吉と勇次が……」

弥平次は頷いた。

「それに鶴次郎が走りました。万一、一色家の者共が現れたとしても、心配ないでしょう」

半兵衛は告げた。

「うむ……」

久蔵は頷いた。

「藤森、話は良く分ったぜ」

久蔵は笑みを浮べた。

「はい……」

藤森は、久蔵に感謝の眼差しを向けて頭を下げた。

「さあて半兵衛、どうするかな……」

久蔵は、半兵衛に笑い掛けた。

「そうですね。先ずは大禍時に娘が消える一件、背後には色好みの表高家一色左京太夫さまが潜んでいるって噂でも流しますか……」

半兵衛は、笑いもせずに告げた。

「そいつは面白い。柳橋の、半次、江戸中に一色左京太夫の噂を撒き散らしてやりな」

久蔵は楽しげに命じた。

「承知しました」

弥平次と半次は頷いた。

「藤森、いろいろ大変だったな。後の始末は俺が引き受けたぜ」

久蔵は微笑んだ。


大禍時に娘が消える裏には、好色な表高家一色左京太夫が潜んでいる……。

噂は時を経ず、瞬く間に江戸の町に流れて広まった。

人々は眉をひそめて囁き合い、一色左京太夫を罵った。一色左京太夫の噂が広がると同時に、大禍時に娘が消える噂は途絶えた。江戸の町の人々は、それも大禍時に娘が消えた裏に一色左京太夫が潜んでいた証とした。

一色左京太夫は、大禍時に娘が消える一件の黒幕が己だと云う噂に戸惑い、狼狽えた。だが、おゆりへの執心は変わらず、家来たちに密かに菓子屋『秀月堂』を探らせ続けた。

執念深い色惚け爺い……。

久蔵は苦笑した。


日吉山王大権現社の境内には、木洩れ日が揺れて煌めいていた。

久蔵は、山王大権現社門前町を抜けて表高家一色左京太夫の屋敷の前に立った。

一色屋敷は、世間の噂から身を護るかのように表門を閉じていた。

久蔵は、表門脇の潜り戸を叩いた。

覗き窓が開き、中間《ちゅうげん》が顔を出した。

「何方さまにございますか……」

中間は、久蔵に探る眼差しを向けた。

「南町奉行所吟味方与力の秋山久蔵。御用人の関口監物《せきぐちけんもつ》どのに巷《ちまた》に流れる噂の件で至急お逢いしたい……」

久蔵は、一色家用人関口監物に面会を求めた。


一色屋敷は、冷たい緊張感に包まれていた。

久蔵は、書院で用人関口監物を待った。

数人の人の気配が、襖の閉められた次の間にした。

久蔵は、鼻先で笑った。

中年の武士が、忙《せわ》しない足取りで書院に入って来た。

「お待たせ致した。拙者、一色家用人の関口監物です」

「南町奉行所吟味方与力秋山久蔵です」

「して秋山どの、噂に就いての御用とは……」

関口は眉をひそめた。

「左様。大禍時に娘が消える一件、噂の通り一色左京太夫さまが企てたとなれば、我ら南町奉行所としても見逃しには出来ず、御目付や評定所と調べなければならぬ。それ故、一色家の存念を伺いに参上した」

久蔵は、厳しく告げた。

関口は、微かな狼狽を滲ませた。

「秋山どの、大禍時に娘が消える一件、我が殿左京太夫さまは何の拘わりもござらぬ。噂は根も葉もない事……」

関口は、強張った面持ちで慌てて言い繕《つくろ》った。

「ほう。ならば今流れている噂は嘘だと……」

久蔵は、関口を見据えた。

「如何《いか》にも、我が殿は勿論、一色家は一切拘わりないと心得られよ」

関口は、抗うように告げた。

「しかし、一色さまは……」

久蔵は、襖の閉められた次の間を見据えた。

「色好みで名高い御方。拘わりがないと云う確かな証、あるのかな……」

久蔵は、次の間に嘲笑を浴びせた。

「無礼ですぞ、秋山どの……」

関口は声を震わせた。

「ならば何故、大禍時に消えた菓子屋秀月堂の娘を捜し廻るのか……」

久蔵は、次の間を厳しく見据えた。

次の間に潜んでいる人の気配が大きく揺れた。

「そ、それは……」

関口は狼狽えた。

「大禍時に娘を拐《かどわ》かしたのは良いが、逃げられた。それ故、娘を捜し出して口を封じようとしている……」

久蔵は苦笑した。

「あ、秋山どの……」

関口は、久蔵の思わぬ言葉に激しく狼狽えた。

「違う。それは違う……」

関口は、声を嗄して否定した。

「では、何故に家中の者共が秀月堂を見張り、娘を捜しているのか……」

久蔵は、関口を厳しく見据えた。

「あ、秋山どの……」

「関口どの、秀月堂を見張り、娘を捜す仔細、教えて戴こう……」

「そ、それは……」

関口は、苦しげに顔を歪めた。

表高家一色左京太夫は、行儀作法の見習奉公の腰元である秀月堂の娘を見初め、側室に望んだ。だが、娘は左京太夫の側室になるのを断った。左京太夫の執着心は激しく、娘を無理矢理に側室にしようとした。そして、娘は母親の墓参りに宿下がりをして消えた。

左京太夫が年甲斐もなく孫のような娘に惚れ、側室にしようとした事実を主張するのを関口は躊躇わずにはいられなかった。

「ま、違うかどうか決めるのは、目付と評定所、それに世間だ」

久蔵は嘲笑った。

関口は、恐怖に震えた。

大禍時に娘が消える一件が、表高家の一色左京太夫の企てた事と判断されると、左京太夫は切腹、一色家は断絶、お取り潰しは間違いないのだ。

次の間の人の気配は凍て付いた。

「あ、秋山どの。どうすれば良い。どうすれば一色家は助かる。教えて戴きたい……」

関口は、哀願する眼差しを久蔵に向けた。

「教えるも何も、表高家の一色家を護りたいのなら、菓子屋秀月堂の娘から一切手を引く。それだけだぜ……」

久蔵は、厳しく告げた。

関口は項垂れた。

次の間から、嗄れた吐息が微かに洩れた。

嗄れた吐息は、やがて年寄りじみた咳き込みに変わった。そして、年寄りの苦しげな咳は、数人の者たちと次の間から遠ざかって行った。

一色屋敷に静寂が訪れ、関口の荒い息だけがか細い悲鳴のように続いた。

久蔵は冷たく笑った。


表高家一色左京太夫は、公儀に隠居願いを出した。

麹町の菓子屋『秀月堂』の周囲から、一色家の家来の姿はなくなった。

主の宗右衛門は、娘のおゆりを呼び戻さず鬼子母神の傍の寮に置いた。それは、おゆりの願いでもあった。

おゆりは、老下男夫婦と畑仕事をしながら毎日を過ごした。


久蔵は、太市を供に岡崎町の屋敷を出て南町奉行所に向かった。

「旦那さま……」

太市は、八丁堀沿いの道を行く藤森源吾に気が付いた。

「うむ……」

藤森は、久蔵に気付かずに足早に通り過ぎて行った。

「藤森の旦那、おゆりさんといつ一緒になるんですかね」

太市は首を捻った。

「さあな……」

藤森源吾とおゆりが、これからどうするか久蔵は知らない。

人にはそれぞれ都合がある……。

久蔵は小さく笑った。

大禍時の噂はいつの間にか消え去り、木洩れ日が揺れて煌めく季節になった。

この作品は「文春文庫」のために書き下ろされたものです。

文春文庫

秋山《あきやま》久蔵《きゅうぞう》御用《ごよう》控《ひかえ》
大《おお》禍《まが》時《とき》

定価はカバーに
表示してあります

2013年4月10日　第1刷

著　者　藤《ふじ》井《い》邦《くに》夫《お》
発行者　羽鳥好之
発行所　株式会社 文藝春秋

東京都千代田区紀尾井町 3-23　〒102-8008
TEL　03・3265・1211
文藝春秋ホームページ　http://www.bunshun.co.jp
落丁、乱丁本は、お手数ですが小社製作部宛お送り下さい。送料小社負担でお取替致します。

印刷・大日本印刷　製本・加藤製本
Printed in Japan
ISBN978-4-16-780519-7

（　）内は解説者。品切の節はご容赦下さい。

あさのあつこ
燦《さん》 ―1― 風の刃《やいば》
疾風のように現れ、藩主を襲った異能の刺客・燦。彼と剣を交えた家老の嫡男・伊月。別世界で生きていた二人には隠された宿命があった。少年の葛藤と成長を描く文庫オリジナルシリーズ。
あ-43-5

あさのあつこ
燦 ―2― 光の刃
江戸での生活がはじまった。伊月は藩の世継ぎ・圭寿と大名屋敷住まい。長屋暮らしの燦と、伊月が出会った矢先に不吉な知らせが。少年が江戸を奔走する文庫オリジナルシリーズ第二弾！
あ-43-6

井川香四郎
男ッ晴れ　樽屋三四郎　言上帳
奉行所の目が届かない江戸庶民の人情と事情に目配りし、事件を未然に防ぐ闇の集団・百眼と、見かけは軽薄だが熱く人間を信じる若旦那・三四郎が活躍する書き下ろしシリーズ第一弾。
い-79-1

井川香四郎
ごうつく長屋　樽屋三四郎　言上帳
長屋の取り壊し問題で争う地主と家主、津波で壊滅した町の再建に文句ばかりで自分では動かない住人たち。百眼の潜入捜査、名主たちとの連携プレーで力を尽くす三四郎シリーズ第2弾。
い-79-2

井川香四郎
まわり舞台　樽屋三四郎　言上帳
幼馴染の佳乃と出かけた芝居小屋が狐面の男たちにのっとられた！　観客を人質に無茶な要求をする彼らの狙いとは？　清濁あわせのむことを覚えつつ、成長する三四郎シリーズ第3弾。
い-79-3

井川香四郎
月を鏡に　樽屋三四郎　言上帳
借金を返せない武士が連れて行かれたのは寺子屋。「子どもを教えろ」という貸主の背後には陰謀が渦巻いていた。樽屋には今日も江戸中から揉め事が持ち込まれる。三四郎シリーズ第4弾。
い-79-4

井川香四郎
福むすめ　樽屋三四郎　言上帳
貧乏にあえぐ親が双子の姉妹の姉だけ吉原に売った。長じて再会した時、姉は盗賊の情婦だった。「吉原はつぶすべきです！」庶民の幸せのため奉行に訴える三四郎。熱いシリーズ第5弾。
い-79-5

（　）内は解説者。品切の節はご容赦下さい。

風野真知雄　耳袋秘帖　妖談うしろ猫

名奉行根岸肥前守のもとに、伝次郎が殺されたとの知らせが入る。下手人と目される男は「かのち」の書き置きを残して、失踪していた。江戸の怪を解き明かす新「耳袋秘帖」シリーズ第一巻。

か-46-1

風野真知雄　耳袋秘帖　妖談かみそり尼

高田馬場の竹林の奥に棲む評判の美人尼に相談に来ていたという女好きの若旦那が、庵の近くで死体で発見された。はたして尼の正体とは。根岸肥前守が活躍する、新「耳袋秘帖」第二巻。

か-46-2

風野真知雄　耳袋秘帖　妖談しにん橋

「四人で渡ると、その中で影の消えたひとりが死ぬ」という「しにん橋」の噂と、その裏にうごめく巨悪の正体を、赤鬼奉行・根岸肥前守が解き明かす。新「耳袋秘帖」シリーズ第三巻。

か-46-3

風野真知雄　耳袋秘帖　妖談さかさ仏

処刑寸前、仲間の手引きで牢破りに成功した盗人・仏像庄右衛門は、下見に忍び込んだ麻布の寺で、仏像をさかさにして拝む不思議な僧形の大男と遭遇する――。新「耳袋秘帖」第四巻。

か-46-4

風野真知雄　耳袋秘帖　王子狐火殺人事件

王子稲荷のそばで、狐面を着けた花嫁装束の娘が殺され、祝言前の別の娘が失踪した。南町奉行の根岸鎮衛は、手下の栗田と坂巻と共に調べにあたるが。「殺人事件」シリーズ第十一弾。

か-46-5

風野真知雄　耳袋秘帖　佃島渡し船殺人事件

年の瀬の佃の渡しで、渡し船が正体不明の船と衝突して沈没した。栗田と坂巻の調べで渡し船に乗り合わせた客には、不思議な接点があることがわかる。「殺人事件」シリーズ第十二弾。

か-46-6

風野真知雄　耳袋秘帖　赤鬼奉行根岸肥前

奇談を集めた随筆『耳袋』の著者で、御家人から南町奉行へと異例の昇進を遂げた根岸肥前守鎮衛が、江戸に起きた奇怪な事件の謎を解き明かす。「殺人事件」シリーズ最初の事件。（縄田一男）

か-46-7

（　）内は解説者。品切の節はご容赦下さい。

風野真知雄
耳袋秘帖 八丁堀同心殺人事件
組屋敷がある八丁堀で、続けて同心が殺される。死んだ者たちは、かつての田沼派だった。奉行の沽券に係わるお膝元での殺しに、根岸はどうするか。「殺人事件」シリーズ第二弾。
か-46-8

風野真知雄
耳袋秘帖 浅草妖刀殺人事件
奉行所の中間・与之吉は、凶悪な盗人「おたすけ兄弟」が、神社の境内に大金を隠すところを目撃、その金を病気の娘のために使い込んでしまうが……。「殺人事件」シリーズ第三弾。
か-46-9

風野真知雄
耳袋秘帖 深川芸者殺人事件
根岸の恋人で深川一の売れっ子芸者力丸が、茶屋から忽然と姿を消し、後輩の芸者も殺されて深川の花街は戦々恐々。はたして力丸の身に何が起きたのか？　「殺人事件」シリーズ第四弾。
か-46-10

指方恭一郎
麝香《じゃこう》ねずみ　長崎奉行所秘録　伊立重蔵事件帖
次期奉行の命で、江戸から一人長崎の地に先乗りした伊立重蔵。そこで目にしたのは「麝香ねずみ」と呼ばれる悪の一味に蝕まれた奉行所の姿だった。文庫書き下ろしシリーズ第一弾！
さ-54-1

指方恭一郎
出島買います　長崎奉行所秘録　伊立重蔵事件帖
長崎・出島の建設に出資した25人の出島商人。大きな力を持つ彼らの前に26人目を名乗る人物が現れた。そこには長崎進出を目論む江戸の札差の影が――。書き下ろしシリーズ第二弾。
さ-54-2

指方恭一郎
砂糖相場の罠　長崎奉行所秘録　伊立重蔵事件帖
長崎では急落している白砂糖が、大坂で高騰している！　謎の相場を、長崎奉行の特命で調査する伊立重蔵の前では、不審な殺人事件が次々に起こる――。好調の書き下ろしシリーズ第三弾。
さ-54-3

祐光　正
灘酒はひとのためならず　ものぐさ次郎酔狂日記
剣一筋の生真面目な男・三枝恭次郎は、遠山金四郎から、隠密として市井に紛れ込むために「遊び人となれ」と命じられる。遊楽と剣戟の響きで綴られた酔狂日記。第一弾は酒がらみ！
す-18-1

（　）内は解説者。品切の節はご容赦下さい。

祐光 正
思い立ったが吉原
ものぐさ次郎酔狂日記

ひょんなことから恭次郎は御高祖頭巾の女と一夜を共にする。江戸で噂の、男漁りをする姫君らしいが、相手の男は多くが殺されていた。媚薬の出所を手づるに、事件を調べる恭次郎。

す-18-2

藤井邦夫
養生所見廻り同心　神代新吾事件覚
指切り

北町奉行所養生所見廻り同心・神代新吾。南蛮一品流捕縛術を修業する若く未熟だが熱い心を持つ同心だ。新吾が事件に挑む姿を描く書き下ろし時代小説「神代新吾事件覚」シリーズ第一弾！

ふ-30-1

藤井邦夫
養生所見廻り同心　神代新吾事件覚
花一匁

養生所に担ぎこまれた女と謎の浪人の悲しい過去とは？　白縫半兵衛、手妻の浅吉、小石川養生所医師小川良哲らの助けを借りながら、若き同心・神代新吾が江戸を走る！　シリーズ第二弾。

ふ-30-2

藤井邦夫
養生所見廻り同心　神代新吾事件覚
心残り

湯島で酒を飲んでいた新吾と浅吉は、男の断末魔の声を聞く。そこから立ち去ったのは労咳を煩いながら養生所に入ろうとしない浪人だった。息子と妻を愛する男の悲しき心残りとは？

ふ-30-3

藤井邦夫
養生所見廻り同心　神代新吾事件覚
淡路坂

孫に付き添われ養生所に通っていた老爺が若い侍に理不尽に斬り捨てられた。権力の笠の下に逃げ込んだ相手に、新吾は命を賭した闘いを挑む。その驚くべき方法とは？　シリーズ第四弾。

ふ-30-4

藤井邦夫
秋山久蔵御用控
傀儡師《くぐつし》

心形刀流の使い手、「剃刀」と称され、悪人たちを震え上がらせる、南町奉行所吟味方与力・秋山久蔵の活躍を描くシリーズ14弾が文春文庫から登場。何者にも媚びない男が江戸の悪を斬る!!

ふ-30-5

藤原緋沙子
切り絵図屋清七
ふたり静

絵双紙本屋の「紀の字屋」を主人から譲られた浪人・清七郎は、人助けのために江戸の絵地図を刊行しようと思い立つ。人情味あふれる時代小説書下ろし新シリーズ誕生！　（縄田一男）

ふ-31-1

（　）内は解説者。品切の節はご容赦下さい。

藤原緋沙子
切り絵図屋清七
紅染の雨
武家を離れ、町人として生きる決意をした清七。与一郎や小平次らと切り絵図制作を始めるが、紀の字屋を託してくれた藤兵衛からおゆりの行動を探るよう頼まれて……新シリーズ第二弾。
ふ-31-2

八木忠純
喬四郎　孤剣ノ望郷
蜘蛛《くも》の巣店《すだな》
悪政を敷く御国家老に父を謀殺された有馬喬四郎は、江戸の蜘蛛の巣店に身を潜めて復讐を誓う。ままならぬ日々を懸命に生きる喬四郎と、ひと癖ふた癖ある悪党どもが繰り広げる珍騒動。
や-47-1

八木忠純
喬四郎　孤剣ノ望郷
おんなの仇討ち
喬四郎の身辺は騒がしい。刺客と闘いながら、日銭稼ぎの用心棒稼業。思いを寄せるとよも、父の敵を探しているという。偽侍の西田金之助は助太刀を買ってでる腹づもりのようだが……。
や-47-2

八木忠純
喬四郎　孤剣ノ望郷
関八州流れ旅
虎の子の五十両を騙り取られた喬四郎は、逃げた小悪党を追って利根川筋をたどる。だが、無頼の徒が跳梁する関八州のこと、たちまち揉め事に巻き込まれ、逆に八州廻りに追われる身に。
や-47-3

八木忠純
喬四郎　孤剣ノ望郷
修羅の世界
宿願は仇討ち。先立つものは金。刺客と闘いながらも懐の具合が気にかかる喬四郎。今度の仕事は御門番へ届ける弁当の護衛。やさしい仕事と思いきや、高い給金にはやはり裏があった！
や-47-4

八木忠純
喬四郎　孤剣ノ望郷
目に見えぬ敵
喬四郎は二つの決断を迫られていた。一に、手習塾の代教という仕事を引き受けるべきか。二に、美貌の娘・咲と所帯を持つべきか。宿願を遂げるためには、いずれも否とせねばならぬが……。
や-47-5

八木忠純
喬四郎　孤剣ノ望郷
謎の桃源郷
かつておのれを襲った刺客の背後に、御三家水戸藩の後嗣問題と、世を揺るがす陰謀のあることを知った喬四郎。宿敵・東条兵庫を倒すために、もうこれ以上の遠回りはしたくないのだが。
や-47-6

（　）内は解説者。品切の節はご容赦下さい。

秋山香乃
総司　炎《ほむら》の如く
新撰組最強の剣士といわれた沖田総司。芹沢鴨暗殺、池田屋事変など、幕末の京の町を疾走した、その短くも激しく燃焼し尽くした生涯を丹念な筆致で描いた新撰組三部作完結篇。
あ-44-3

荒山　徹
サラン・故郷忘じたく候
雑誌発表時に「中島敦を彷彿《ほうふつ》させつつ、より野太い才能の出現を私は思った」（関川夏央）と絶賛された「故郷忘じたく候」他、日本と朝鮮半島の関わりを斬新な切り口で描く短篇集。（末國善己）
あ-49-1

井上　靖
おろしや国酔夢譚
鎖国日本に大ロシア帝国の存在を知らせようと一途に帰国を願う漂民大黒屋光太夫は女帝に謁し、十年後故国に帰った。しかし幕府はこれに終身幽閉で酬いた。長篇歴史小説。（江藤　淳）
い-2-1

井上ひさし
手鎖心中
材木問屋の若旦那、栄次郎は、絵草紙の人気作者になりたいと願うあまり馬鹿馬鹿しい騒ぎを起こし……歌舞伎化もされた直木賞受賞作。表題作ほか「江戸の夕立ち」を収録。（中村勘三郎）
い-3-28

池波正太郎
乳房
不作の生大根みたいだと罵られ、逆上して男を殺した女が辿る数奇な運命。それと並行して平蔵の活躍を描く鬼平シリーズの番外篇。乳房が女を強くすると平蔵はいうが……。（常盤新平）
い-4-86

池波正太郎
忍者群像
陰謀と裏切りの戦国時代。情報作戦で暗躍する、無名の忍者たち。やがて世は平和な江戸へ――。世情と共に移り変わる彼らの葛藤と悲哀を、乾いた筆致で描き出した七篇。（ペリー荻野）
い-4-88

池波正太郎
おれの足音　大石内蔵助（上下）
吉良邸討入りの戦いの合間に、妻の肉づいた下腹を想う内蔵助。剣術はまるで下手、女の尻ばかり追っていた〝昼あんどん〟の青年時代からの人間的側面を描いた長篇。（佐藤隆介）
い-4-93

（　）内は解説者。品切の節はご容赦下さい。

宇江佐真理
桜花《さくら》を見た
隠し子の英助が父に願い出たこととは。刺青判官遠山景元と落し胤《だね》との生涯一度の出会いを描いた表題作ほか、蠣崎波響など実在の人物に材をとった時代小説集。（山本博文）
う-11-7

宇江佐真理
我、言挙げす
髪結い伊三次捕物余話
市中を騒がす奇矯な侍集団。不正を噂される隠密同心。某大名の姫君失踪事件……。番方若同心となった不破龍之進は、伊三次や朋輩とともに奔走する。人気シリーズ最新作。（島内景二）
う-11-14

宇江佐真理
神田堀八つ下がり
河岸の夕映《ゆうば》え
御厩河岸、竈河岸、浜町河岸……。江戸情緒あふれる水端を舞台に、たゆたう人々の心を柔らかな筆致で描いた、著者十八番の人情噺。前作『おちゃっぴい』の後日談も交えて。（吉田伸子）
う-11-15

内館牧子
転がしお銀
公金横領の濡れ衣で切腹した兄の仇を探すため、東北の高代から江戸へ出て、町人になりすますお銀親子。住み着いた下町のオンボロ長屋に時ならぬ妖怪が現れ、上を下への大騒ぎ……。
う-16-2

植松三十里《みどり》
群青
日本海軍の礎を築いた男
幕末、昌平黌で秀才の名をほしいままにし、長崎海軍伝習所で、勝海舟や榎本武揚等とともに幕府海軍の創設に深く関わり、最後の海軍総裁となった矢田堀景蔵の軌跡を描く。（磯貝勝太郎）
う-26-1

海老沢泰久
青い空
幕末キリシタン類族伝（上下）
幕末期を生きたキリシタン類族の青年の、あまりにも数奇な運命。数多くの研究書・史料を駆使し、「日本はなぜ神のいない国になったのか」を問いかける傑作時代小説。（高山文彦）
え-4-12

海老沢泰久
無用庵隠居修行
出世に汲々とする武士たちに嫌気が差した直参旗本・日向半兵衛は「無用庵」で隠居暮らしを始めるが、彼の腕を見込んで、難事件が次々と持ち込まれる。涙と笑いありの痛快時代小説。
え-4-15

（　）内は解説者。品切の節はご容赦下さい。

逢坂　剛
道連れ彦輔
なりは素浪人だが、歴とした御家人の三男坊・鹿角彦輔。彦輔に道連れの仕事を見つけてくる藤八、蹴鞠上手のけちな金貸し・鞠婆など、個性豊かな面々が大活躍の傑作時代小説。（井家上隆幸）
お-13-13

逢坂　剛
伴《ば》天《て》連《れん》の呪い
道連れ彦輔2
彦輔が芝の寺に遊山に出かけたところ、隣の寺で額に十字の焼印を押された死体が発見される。そこは切支丹の伴天連が何十人も火炙りにされた場所だった！　好評シリーズ。（細谷正充）
お-13-14

乙川優三郎
生きる
亡き藩主への忠誠を示す「追腹」を禁じられ、白眼視されながら生き続ける初老の武士。懊悩の果てに得る人間の強さを格調高く描いた感動の直木賞受賞作など、全三篇を収録。（縄田一男）
お-27-2

乙川優三郎
闇の華たち
計らずも友の仇討ちを果たした侍の胸中を描く「花映る」ほか、封建の世を生きる男女の凛とした精神と、苛烈な運命の先に輝くあたたかな光を描く。名手が紡ぐ六つの物語。（関川夏央）
お-27-4

海音寺潮五郎
天と地と
（全三冊）

戦国史上最も戦巧者であり、いまなお語り継がれる武将・上杉謙信。遠国の越後でなければ天下を取ったといわれた男の半生と、宿敵・武田信玄との数度に亘る川中島の合戦を活写する。

か-2-43

海音寺潮五郎
覇者の条件
歴史文学の巨匠が、日本史上の名将十二人を俎上にのせ、雄渾なる筆致で、軍略、人事、経営の各方面から、覇者の条件を分析した史伝文学の傑作。他に平将門にまつわるエッセイも収録。

か-2-58

海音寺潮五郎
田《た》原《ばる》坂《ざか》
小説集・西南戦争
著者が最も得意とした〝薩摩もの〟の中から、日本最後の内乱となった西南戦争に材をとった作品と、新たに発見された未発表作品「戦袍日記」を含めて全十一篇を贈る。（磯貝勝太郎）
か-2-59